Esclavo Sumiso y otras historias

Erika Sanders

Serie
Dominación y sumisión erótica

Sinopsis

Este libro consta de las siguientes historias:
Esclavo Sumiso
El deseo de Sandy
Apocalipsex Zombi

Esclavo sumiso es una novela de fuerte contenido erótico BDSM y, a su vez, una nueva novela perteneciente a la colección Dominación Erótica, una serie de novelas de alto contenido BDSM romántico y erótico.

(Todos los personajes tienen 18 años o más)

Nota sobre la autora:

Erika Sanders es una conocida escritora a nivel internacional, traducida a más de veinte idiomas, que firma sus escritos más eróticos, alejados de su prosa habitual, con su nombre de soltera.

Índice

ESCLAVO SUMISO Y OTRAS HISTORIAS
ERIKA SANDERS

ESCLAVO SUMISO

CAPÍTULO I

¿Dónde diablos estaba ella?

Eso pensaba mientras estaba sentado en una mesa para dos en la cafetería de una calle principal a las afueras de la ciudad.

Ya me había tomado dos tazas de café y había pasado más de una hora de lo que habíamos acordado ayer y maldita sea, necesitaba ir a mear.

Sin saber si quedarme o irme o lo que fuera, finalmente me convencí de que me había dejado plantado y decidí ir a aliviarme.

Qué jodida pérdida de tiempo y esto es solo otro golpe para mi ego ... sucedió demasiado cercana a la otra vez, debería haberlo sospechado, pensé cuando me levanté de la mesa y me dirigí al baño de hombres.

Nos habíamos conocido en chat la otra noche.

Había creado una sala con un tema sobre cómo buscar a una Dominatrix en el área adecuada y, después de unas horas, Lucy entró y comenzamos a hablar sobre lo que nos gusta y lo que no nos gusta de la situación y el tema.

Intercambiamos imágenes... nada atrevido, solo fotos de nosotros con atuendo normal al principio.

Nos gustó lo que vimos y decidimos reunirnos en la cafetería de esta mañana temprano el sábado por la mañana ... en realidad muy temprano ... a las 6:15 am.

Lucy, luego me pide que le envíe una lista de mis límites ... una lista completa de lo que no haría y de lo que quería hacer.

Ella también me hizo enviar a ella todas mis medidas; todo, desde la longitud de la polla cuando estaba erecta hasta el tamaño de mi zapato.

Luego, más tarde, me pidió que le enviara fotos de mi polla como normalmente colgaba y también con una erección completa.

Lo había hecho todo, pero maldita sea había acabado aquí en el baño de la cafetería.

Salí de la cafetería y me dirigí a mi auto, que estaba en la parte trasera del aparcamiento donde le había dicho a Lucy que lo estacionaría y también le había dado mi número de matrícula al mismo tiempo.

Cuando abrí la puerta, la ventana del lado del pasajero de un SUV negro estacionado a mi lado comenzó a bajar.

"Peter eres tú?" una voz femenina dijo suavemente

Le solté que era yo.

"Lo siento, pero tenía que asegurarme de que eras la persona que realmente dijiste que eras".

Miré a la conductora y mi corazón comenzó a latir a un ritmo fantástico.

Era Lucy y se veía hermosa ... con un abrigo de cuero y botas altas de cuero.

Su abrigo de cuero estaba desabrochado en la parte inferior, lo que revelaba unos muslos desnudos y algo de cuero por encima de ellos, pero no estaba seguro de qué era exactamente el cuero, pero cumplía su propósito de emocionarme.

"¿Dónde diablos estabas? Te esperé más de una hora". Solté mientras miraba sus botas y sentí que mi polla empezaba a poner atención a la situación.

"Ahora Peter, acaba de decir lo que sientes. Si todavía estás interesado en reunirte conmigo, me seguirás a mi casa ahora mismo. Una vez que estemos allí, entrarás al garaje en el espacio junto a mi auto. ¿Entiendes eso chico?"

Antes de que pudiera responder, la ventana se cerró y la SUV salió del estacionamiento y comenzó a irse.

Mi erección murió en el mismo lugar en un tiempo récord.

¿Qué debo hacer, qué debo hacer?

Maldición.

Salté a mi coche y salí corriendo detrás de ella esperando que no fuera demasiado tarde.

"¿Dónde está ella?" Me dije mientras me acercaba a la salida ... "Allí, giró a la derecha; se dirige hacia el oeste".

Traté de mantener el ritmo y mantenerla a la vista sin exceso de velocidad, ya que esta carretera era conocida por sus radares de velocidad.

La tenía a la vista cuando de repente pasó por una luz ámbar que me obligaba a detenerme y verla desaparecer.

"Perra ... lo hizo a propósito", le grité a nadie.

Esperé a que la luz se volviera verde durante lo que pareció una eternidad, entonces arranqué lo más rápido posible de forma permitida, creyendo que la había perdido.

"Ahí está ella, adelante". Me grité a mí mismo ... ella debe haber quedado atrapada en el tráfico o tal vez se había detenido.

La seguí justo detrás después esta parada, y luego, pocas millas más tarde, finalmente salió a la derecha por una carretera lateral, conocida por sus costosas casas y excelentes vistas, ya que eran lotes junto a un lago.

Estábamos conduciendo a una velocidad mucho menor.

Probablemente no quiera que los vecinos noten nada, pensé.

Luego giró a la derecha por un camino que tenía una casa enorme al final y lo primero que pensé fue que estaba perdida ... pero condujo hasta el garaje y abrió la puerta antes de que yo llegara.

Ella dejó el coche en el lado izquierdo y yo conduje a su lado en el lado derecho.

Apenas entré al garaje cuando la puerta comenzó a cerrarse, apagué el auto y salí.

Abrió una puerta de la casa principal y me hizo un gesto para que la siguiera, cosa que hice, pero vacilante.

Me limpié los pies sobre una estera, entré en la casa y cerré la puerta detrás de mí.

Luego me volví para mirar a Lucy.

"¿Sabes que vives a cinco millas de mi ..."

Bofetada ... Bofetada ... Bofetada ... ella golpeó mis mejillas con fuerza.

"¿Cómo te atreves a hablarme de la manera en que lo hiciste? ¡Nunca más me cuestionarás, un pedazo de mierda inútil como tú! ¿Me entiendes, Peter?"

Estaba en shock, no habiendo esperado esto.

"Síiiii, supongo"

Me agarró por la parte delantera de mi camisa ... bofetada, bofetada ... bofetada.

Ella me golpeó de nuevo y esta vez traté de protegerme y agarré su muñeca ... solo por un reflejo, pero me di cuenta de que era una tontería y lo solté rápidamente.

"Oh, mierda, estoy jodido", pensé y esperé que ella me dijera que me fuera.

"De rodillas AHORA Peter!" dijo en voz alta mientras agarraba mi cabello y me obligaba a bajar.

"Te has ganado un pequeño castigo, esclavo". Ella dijo.

Ella me llamó esclavo y pensé que llevaba haciendo eso hace 20 minutos.

Mis rodillas estaban juntas, mis manos estaban a cada lado, para estabilizarme y la estaba mirando.

Ella me miró y luego me dio una fuerte patada donde se me tocaban las rodillas.

"¡Separa esas rodillas, perra!"

Hice lo que me ordenaron.

Luego colocó la punta de su pie derecho en mi polla y la presionó con fuerza.

"No lo olvides otra vez, Peter. Además, baja la puta cabeza y mira al suelo. Pon tus manos en los muslos, con las palmas hacia arriba, en la posición adecuada para un esclavo.

"Has ganado quince latigazos de esclavo que recibirás cuando comience nuestra sesión. Cinco son por ser insolente cuando me preguntaste dónde diablos estaba. Cinco son por responder incorrectamente al no hablarme con respeto y no llamarme Ama o Ama Lucy. Lo harás. Siempre lo harás cuando no estés en público, es decir, en un auto o en una casa ... ya sea aquí o en una habitación privada. Cinco son por tocarme sin aprobación cuando me agarraste de la muñeca. Si lo haces de nuevo, serás castigado más allá de tus límites, ya que debo protegerme. ¿Entiendes por qué estás siendo castigado, Peter?

La miré a la cara lo mejor que pude y dije:

"Sí, lo entiendo".

Ella me agarró con fuerza por mi cabello y me miró a los ojos.

"Eso serán otros cinco azotes por desobedecerme al mirar hacia arriba y mostrar falta de respeto por no referirte a mí como Ama. ¿Me entiendes, Peter?"

Bajando los ojos y la cabeza lo mejor que pude, aunque ella todavía me sujetaba por el pelo, dije:

"Sí, Ama Lucy, lo entiendo".

"Ayer discutimos que te convertías en mi penitente y mi esclavo sexual, y que necesitabas entrenamiento. ¿Es eso correcto Peter?"

"Sí, señora, eso es correcto".

"Declaraste que tus límites no eran adolescentes o menores, ni sangre, ni alfileres, ni agujas, ni marcas permanentes. ¿Es eso correcto, Peter?"

"Sí, señora, eso es correcto".

"¿Te limpiaste esta mañana con el método rápido de enema que discutimos?"

"Sí, señora Lucy, lo hice exactamente como me dijo".

"¿Sigues interesado en convertirte en mi doliente y mi esclavo sexual Peter?

"Sí, señora, más que nunca".

Luego me soltó el pelo mientras miraba hacia el suelo.

Siento que acabo de saltar al extremo profundo de la piscina y no he aprendido a nadar.

"Bueno, veamos si puedes ser entrenado. ¡Párate y vacía todos tus bolsillos, quítate el reloj y los anillos y pon todo en la pequeña mesa!" que ella señaló. "Entonces quítate los zapatos y ponlos en el suelo junto a la mesa".

Hice todo lo que me dijo tan rápido como pude y como era mi primera oportunidad, miré alrededor de la casa.

Estaba en el vestíbulo principal, no lejos de los escalones que conducían al sótano.

Miré a la Dominatrix sin hacer contacto visual y vi que todavía estaba en su abrigo de cuero y botas.

Dios, es hermosa aún más que la foto que me envió.

Cabello rubio corto y oscuro con flequillos en los ojos, no puedo esperar a descubrir qué el resto de ella es como pensé.

"Ahora Peter, te quitarás toda la ropa para una inspección; las manos detrás de la cabeza, la cabeza abajo y las piernas bien separadas. ¡AHORA, maldita perra, no mañana!"

Me desnudé tan rápido como pude y me paré desnudo para inspeccionarme.

Mientras miraba hacia abajo, observé cómo mi polla comenzaba a crecer en anticipación de que mis sueños se realizarían.

Dios, cuánto me gustaría que me hiciera correr ahora, pensé.

"Cuando dije que quería que tus piernas estuvieran bien separadas, lo decía en serio. Ahora, separa las piernas. ¡MÁS AMPLIO! Tú, idiota, idiota. Y puedes olvidarte de tener un orgasmo en cualquier momento en el futuro próximo esclavo. Yo seré la único para determinar cuando tengas uno ".

"Lo siento, señora ... sí, señora", solté y miré mi polla dura.

Luego me quitó la ropa y lentamente me rodeó.

Primero ella pellizcó un pezón y luego pellizcó la cabeza de mi pene, apretándolo con fuerza mientras gemía entre dientes apretados.

Ella se echó a reír, ya que me puso a prueba varias veces.

"Ahora, esclavo Peter, recogerás toda tu ropa y bajarás al sótano. Abre la primera puerta a la derecha, entra y cierra la puerta. No enciendas ninguna luz ... Ahí, en el centro de la habitación, Encontrará una bolsa de deportes con instrucciones encima. Ve directamente a la bolsa, lee las instrucciones y síguelas exactamente. Tienes 20 minutos para completar esta tarea y estaré observando cada uno de sus movimientos con la cámara. ¿Comprendes Peter? "

"Sí, señora Lucy, entiendo ".

"Entonces vete, muchacho, ya has usado 20 segundos".

Tan rápido como pude, recogí mi ropa, corrí escaleras abajo, abrí la primera puerta a la derecha, entré y la cerré detrás de mí.

"En qué diablos me he metido, estoy bien jodido".

Sí, definitivamente salté hacia un abismo profundo.

CAPÍTULO II

No se suponía que fuera a ir tan rápido, pensé para mí mismo, mientras me aseguraba de que la puerta estuviera cerrada.

Apoyando mi cabeza en la puerta, cerré los ojos y me pregunté si esto realmente estaba sucediendo.

Un hombre profesional de 40 años, como yo, divorciado, finalmente estaba cumpliendo su fantasía.

Me había introducido en un mundo completamente nuevo.

Allí, en el centro de la habitación, con un único foco brillando en el techo, había una esterilla negra con una bolsa deportiva en la parte superior, una bolsa Nike en realidad.

Me acerqué rápidamente a ella y sentí la frialdad del piso de concreto en mis pies.

Tal vez estaba en su mazmorra.

En la parte superior de la bolsa había un papel doblado con una nota escrita encima "Esclavo Peter", yo, pero ¿cómo había sabido que estaría yo aquí?

Cogí la nota y comencé a leerla.

Esclavo Peter

Puta, te pondrás de rodillas ahora mismo para leer esta nota.

Sigue las instrucciones exactamente y sé rápido ya que tu tiempo se está acabando '.

Rápidamente me arrodillé y miré a mi alrededor mientras lo hacía, pero no había luz en el resto de la habitación; solo la luz que brilla sobre mí mientras leía la nota.

1. Apila cuidadosamente tu ropa al lado de la bolsa.

2. Saca cada cosa de la bolsa y pon tu ropa en ella.

3. Colócate el collar, asegúrate de que esté apretado y luego bloquéalo.

4. Colócate el arnés del cuerpo y asegura todas las hebillas y el anillo del martillo. Todos deben estar apretados.

5. Abrocha los puños de la muñeca y el tobillo y asegúralos con un candado. Cada uno está marcado en cuanto a dónde debe ir y se debe poner apretado.

6. Bloquea los puños del tobillo junto con la cadena de 6 pulgadas y los candados.

7. Hebilla en la mordaza. Es una mordaza de ancho abierto y debe estar muy apretada.

8. Revisa la zona y pon cualquier cosa que no se usaste dentro de la bolsa.

9. ¡Colócate la venda y abróchalo bien!

10. Bloquea los puños de la muñeca juntos.

11. Asume la posición de esclavo y espera.

Mientras leía la nota, caí de rodillas mientras intentaba ubicar cada artículo en la bolsa y, finalmente, frustrado por intentar localizarlos, simplemente tiré la bolsa delante de mí.

Cuando lo vi todo, realmente creía que vendrían otros ya que todo esto no podía ser solo para mí.

De repente, desde un altavoz directamente sobre mí, vino su voz, fuerte, profunda y pesada.

"TE QUEDAN 15 MINUTOS".

Ese recordatorio activó un modo de pánico dentro de mí y rápidamente recogí mi ropa, la arrojé dentro de la bolsa y la cerré.

Luego recorrí toda la pila de correas de cuero hasta que encontré el collar.

Maldita sea, es un collar de castigo.

Miré el grueso cuello negro de cuatro pulgadas de alto y me pregunté cómo me lo iba a poner, hasta que noté que había un pequeño candado abierto que se colocaba a través de un agujero en el pasador extra ancho de la hebilla.

Ahora entendí cómo debía ser usado y quité el candado.

Levantando mi cabeza, lo coloqué alrededor de mi cuello para que la abertura estuviera en la parte trasera y un anillo en D en la parte delantera y lo abrochara en una posición cómoda.

Luego puse el candado a través del agujero del pasador y lo cerré.

Ahí, esa maldita cosa está colocada, pensé.

¿Qué sigue?

Afortunadamente, había pasado un tiempo investigando el tema de los juguetes de dominación y había visto varios arneses corporales en los anuncios en línea, así que pude localizarlo rápidamente y, después de sostenerlo por un momento, decidí que era un arnés de torso.

Tan rápido como pude, determiné el frente desde atrás, lo lancé a mi alrededor de modo que los anillos principales estuvieran en la parte trasera y la mayoría de las hebillas de ajuste estuvieran en la parte delantera.

Por suerte, las dos correas que rodeaban cada lado de mi cuello estaban sueltas y esto ayudó a colocar el frente desde atrás, junto con el hecho de que el anillo de la polla también colgaba en la parte delantera.

Estas dos correas se encontraron en un anillo en la parte delantera y trasera a un nivel justo debajo de mis senos.

A partir de esto, una sola correa condujo a otro anillo a un nivel en la parte superior de mis caderas y de este anillo en la parte delantera, otra correa sujetó el anillo de la polla con la correa adjunta debajo.

Ambos anillos, delanteros y traseros, sujetaban las correas para conectar a los lados de adelante hacia atrás.

Después de unos segundos de darle vueltas, decidí conectar las correas laterales del anillo debajo de mis senos y las abroché hasta que quedaron apretadas, pero no demasiado.

Luego repetí lo mismo con las correas laterales en mis caderas.

Esto estaba empezando a ser difícil ya que este cinturón en el cuello mantenía mi cabeza en alto y no podía ver bien lo que estaba haciendo.

El anillo de pene era el siguiente y sabía que tendría que hacerse con solo sentirlo son poder mirar.

Dios, ojalá hubiera exagerado las medidas de mi polla cuando Lucy las pidió.

Ahora no me cuelga tan bien y no esperaba que hubiera un problema hasta que pude sostener el anillo de la polla para poder verlo.

Joder, ¡es minúsculo!

¿Cómo voy a conseguir mis partes allí?

Lo hice una bola a la vez y tuve la suerte de que mi polla estaba floja en ese momento y pude apretar el eje a través del espacio restante.

Un poco de lubricante hubiera ayudado, pero no había ninguno.

Apreté la correa del anillo de la polla al anillo de la cadera y luego tomé la correa restante del anillo de la polla, colocándola entre mis piernas y la parte trasera de la cadera en mi espalda y luego, con los brazos detrás de mí, la abroché lo mejor que pude.

Tan pronto como hice eso, comencé a tener una erección con el resultado de que el dolor en la base de mi polla y las bolas se sentía sorprendentemente fantástico.

Luego apreté cada correa y repetí el proceso una y otra vez hasta que sentí que estaban tan apretadas como fue necesario.

Todo el proceso mantuvo mi polla erecta hasta el momento en que se completó.

La voz de Lucy volvió a sonar desde el altavoz del techo y parecía más dominante que antes.

"ESCLAVO, TE QUEDAN 5 MINUTOS".

"No, eso no es posible, señora. No puede ser". Protesté.

"TIENES 5 MINUTOS. DATE PRISA".

Tan rápido como pude, me coloqué y cerré las muñecas y los tobillos, señalando a dónde debía ir cada uno.

Luego encontré la cadena y la coloqué en mis puños de tobillo con candados unidos a los anillos en forma de D de cada puño.

Todo esto no fue una hazaña fácil ya que el maldito collar de castigo limitaba mi vista.

¡Entonces la mordaza!

Era de cuero grueso y tenía una gran abertura para que mis labios y mis dientes tenían que pasar.

Cuando lo probé por primera vez, pensé que debía haber un error porque no podía poner mi boca sobre el anillo saliente en el primer intento.

Lo intenté de nuevo y metí los dientes en el anillo, pero fue dolorosamente incómodo.

Lo abroché con fuerza para asegurarme de que no se saliera.

Dios, el agujero era lo suficientemente grande para un buen miembro, pero esperaba no recibirlo nunca. ¿Por qué no puse eso en mi lista de límites?

Después de encontrar la venda para los ojos, lo recogí todo, lo coloqué en la bolsa y lo cerré.

Me aseguré la venda de los ojos y justo cuando lo estaba asegurando, el altavoz del techo cobró vida.

"TU TIEMPO SE TERMINÓ. AHORA ERES MI ESCLAVO".

Oh mierda, olvidé el candado de mis muñecas, grité en la mordaza.

Desesperadamente, encontré la bolsa, la abrí y después de lo que pareció una eternidad, encontré un candado abierto.

Rápidamente, pero con dificultad y debe de haberme tomado 2 minutos o más, pude atarme las esposas a la espalda.

Entonces me arrodillé allí en total sumisión, con las rodillas separadas.

¡Oh no! No cerré la bolsa.

Me arrodillé allí por lo que pareció ser el tiempo más largo del mundo mientras escuchaba la apertura y el cierre de la puerta.

No hubo un sonido; no dijo nada.

Las botas hicieron clic en el piso y supe por el movimiento de aire sobre mi cuerpo y el olor de su perfume que estaba cerca.

Dios olía fantástica.

Habían pasado años desde que tuve una mujer así tan cerca de mí.

Podía escuchar el cuero de sus botas, pensé e imaginé que estaba inspeccionando la bolsa.

Podía oler el cuero que usaba y empecé a excitarme cuando me arrodillé en la sumisión.

¡Plaf!

"Agrrrrrrrrrrr", gemí después de recibir una patada en mis bolas que dolieron más que cualquier otro dolor que hubiera recibido en mi vida.

El dolor inesperado obligó a mis rodillas a cerrarse juntas.

"Me desobedeciste, pedazo de mierda sin valor. ¡Separa esas rodillas AHORA!"

Lentamente obedecí y aparté mis rodillas esperando recibir otro golpe, pero nada vino.

Murmuré en la mordaza una indistinguible "Lo siento Ama".

"Me decepcionas, Peter. Has fallado en tu primera asignación y, como resultado, no recibirás tus azotes hasta la fiesta de esta noche y se triplicarán".

¿Fiesta? ¿De qué diablos está hablando?

De repente pensé y Lucy debió sentir mi preocupación por algún movimiento de mi cuerpo.

"Voy a invitar a algunas de mis amigas durante esta noche. ¿Deseas asistir como mi esclavo, Peter? Serás la atracción principal; en realidad, esta noche, serás la única atracción. Bueno, ¿estás interesado?"

Estaba tratando de absorber toda esta nueva información cuando ... bofetada ... su mano aterrizó en mi mejilla izquierda.

Maldita sea, eso duele.

"Te hice una pregunta, Peter. ¿Estás interesado? ¡Si no, su servicio termina ahora mismo!"

Lo mejor que pude, sacudí la cabeza para indicar que estaba interesado y murmuré en la mordaza:

"Por favor, déjame asistir a tu fiesta, ama Lucy".

"Muy bien Peter, se te permitirá ir a la casa y prepararte para la fiesta, pero primero tenemos algunas cosas que cuidar aquí y ahora.

No seguiste las instrucciones muy bien, ¿verdad? No dejaste ningún juguete para nuestra sesión, tu collar está suelto y estoy tan cachonda como el infierno. Muy mala perra porque planeo ser muy dura contigo esta noche por esto ".

Luego me agarró por el pelo y tiró de mi cabeza hacia atrás hasta el punto en que podía imaginar que estaba mirando hacia abajo en mi cara amordazada y con los ojos vendados.

"En unos minutos, mi puta, ya no serás tan desobediente", dijo con voz profunda y dominante.

Sabía lo que quería decir y me arrodillé allí en silencio después de que me soltara la cabeza.

"Primero, debo enseñarte a respetar y obedecer siempre a tu Ama".

El sonido de sus botas indicó que se había alejado y pronto escuché algo arrastrado en mi dirección.

Entonces la sentí a mi lado y también sentí que algo se colocaba delante de mí.

Su mano estaba en la parte posterior de mi cabeza desabrochando la venda que despegó lentamente y parpadeé varias veces ajustándome a la luz.

Delante de mí estaba el lado de un banco de madera negro que debía medir cuatro pies de largo con una parte superior de cuero acolchado negro de aproximadamente dos pies de ancho

Ahora la habitación estaba totalmente iluminada y cuando miré alrededor noté todos los artículos de cuero y látigos que colgaban de las paredes y todas las cadenas y las cuerdas que colgaban del techo.

Cuando giré mi cabeza más hacia la derecha, ESTABA ELLA.

Oh mierda, ella es muy hermosa, pensé.

Todavía estaba con las botas de cuero negro, pero solo llevaba un pequeño corsé de cuero negro que cubría el área desde sus caderas hasta justo debajo de sus senos, y un par de guantes de cuero negro.

Inmediatamente empecé a endurecerme.

"Ponte en pie, esclavo, inclínate en el banco", ordenó.

Honestamente, traté de levantarme, pero estaba rígido por todo el tiempo pasado sobre mis rodillas y la cadena de frenos en mis tobillos lo hacía imposible.

Por mucho que lo intentara, siempre caía de rodillas o caía de un lado o del otro.

"Oh, joder", gritó y supe que estaba enojada por la expresión de su cara y el tono de su voz.

De repente, pareció saltar y agarró el anillo en la parte delantera de mi cuello.

Maldita sea, me dolió, me dije a mí mismo mientras me levantaba bruscamente y me ponía sobre el banco y me pateaba los tobillos mientras lo hacía.

Cuando gemí, todo lo que ella dijo fue:

"¡Acostúmbrate, muchacho! Esta noche será peor".

Después de que me tirara al banco, me ató con una cuerda desde el anillo de mi cuello hasta un ojal en la parte inferior del banco, de modo que desde mi cabeza hasta mis hombros me incliné sobre el banco.

Desde el rabillo de mi ojo derecho, pude ver a Mi Ama tomar una correa de cuero que había estado colgada en la pared con muchas otras correas.

Era tal vez de tres pulgadas de ancho y no muy grueso, y estaba agradecido de que no era la cuerda de barbero que todavía colgaba en la pared.

Cachetada ... cachetada ... cachetada.

Ella lanzaba la correa contra mis nalgas por lo que pareció una eternidad.

Cuando traté de moverme para escapar del amarre, ella me sostuvo con mis muñecas esposadas y levantó mis brazos para detener mi movimiento.

Finalmente terminó y su mano acarició mis nalgas mientras se inclinaba y lamía mi hombro.

"Siempre debes obedecerme, Peter. ¿Entiendes?"

Murmuré un Sí AMA en mi mordaza mientras se movía hacia la bolsa de deportes en el suelo.

Luego, mirando a través de él y pensando que buscaba, sacó un cinturón de cuero que tenía un consolador negro.

La observé mientras se la sujetaba rápidamente alrededor de su cintura y entre sus piernas hasta que la sintió segura y en el lugar adecuado.

Luego ella caminó lentamente de un lado a otro asegurándose de que pudiera ver lo que iba a pasar y se paró frente a mí.

Levantando mi cabeza por mi cabello, llevó el consolador a mi mordaza.

"Esclavo, he elegido el consolador más pequeño con el que tengo que follarte. Espero que aprecies mi gesto. AHORA, chúpalo para que esté bien preparado y húmedo. También usaré un lubricante para que puedas disfrutar este momento. nuestro primero juntos ".

Mientras ella ponía lentamente el consolador en el orificio de la mordaza, intenté contenerlo con la lengua lo mejor que pude y luego lo rodeé para humedecerlo.

Chuparlo estaba fuera de discusión, pero sabía que sería un requisito en el futuro; tal vez incluso esta noche.

La señora entonces sacó su juguete de mi boca y se puso de pie, donde abrió la cadena de mis tobillos y extendió mis piernas hasta que pensé que me partiría en dos.

Entonces sentí sus manos enguantadas desabrochar la correa que corría entre mis piernas.

Ella separó mis nalgas mientras entraba lentamente en mi territorio inexplorado.

"Oh, sí", gritó repetidamente mientras se empujaba hacia mí y luego comenzó a follarme en serio ahora con una mano en cada una de mis caderas.

No le había prestado atención antes, pero ahora me di cuenta de que mi polla estaba dura y que estaba siendo frotada contra el banco mientras mi amante me follaba.

Ella también notó mi crecimiento y una mano fue a mi polla apretándola con fuerza.

"Oh, pequeño juguete. Nos complacerá a todas esta noche, pero recuerda que, si te corres, tendrás que lamerlo. Oh, sí, pequeña perra, joder, oh, muy bien".

Luego, después de unos minutos, se retiró de mí y me sostuvo en los hombros mientras apoyaba la cabeza en mi espalda.

Su respiración era muy rápida y sabía que ella era feliz.

"Eres mío Peter, todo mío, no me dejes nunca. Te he estado buscando toda la vida".

Después de que me desatara, me arrodillé ante ella y observé cómo desbloqueaba y sacaba todo lo que había llevado como esclavo.

Cuando estaba totalmente desnudo, asumí la posición de esclavo y la observé mientras ella iba a otro gabinete y sacaba una bolsa de terciopelo negro.

Ella volvió y se paró frente a mí.

"Peter, esta bolsa contiene todo lo que debes usar esta noche. No debes usar nada más desde el momento en que salgas de tu casa y tu auto será registrado para asegurarme de que obedeciste. También puedes ser seguido por uno de mis amigos. De tu casa a la fiesta, pero nunca lo sabrás, por lo que debes estar prevenido. No debes abrir la bolsa hasta las 5:00 p. m. y debes entrar en el garaje exactamente a las 6:00 p. m. mira hacia adelante y espera allí hasta que alguien venga por ti. Ahora, te vestirás, regresarás a casa, descansarás, comerás una comida ligera y limpiarás tu cuerpo por dentro antes de vestirte para la fiesta. Ah, y otra cosa, no solo te afeitarás tu cara, sino también el resto de tu cuerpo. Solo se permite el pelo en la parte superior de tu cabeza, tus cejas y tus pestañas. ¿Entiendes lo que se requiere de ti mi esclavo o tengo que repetirlo?

"Entiendo a la ama Lucy".

"Muy bien Peter. Ahora ponte de pie".

Obedecí y de repente ella estaba cerca de mí.

Podía sentir esos fantásticos senos en mi pecho; su calidez era un encanto y su gesto era totalmente inesperado.

Suavemente puso una mano detrás de mi cabeza y la llevó a la suya hasta que nuestros labios se encontraron y luego se separaron cuando nuestras lenguas se batieron en duelo y nos quedamos abrazados mientras nuestros cuerpos intentaban convertirse en uno.

Mientras se alejaba, notó mi polla en atención y sonrió.

"Oh, Peter, solo una cosa más. ¡No juegues contigo mismo nunca sin permiso! Ahora ve y prepárate para la fiesta".

CAPÍTULO III

Revisé mi reloj nuevamente por lo que parecía ser la millonésima vez en la última hora y finalmente pensé que era casi la hora de abrir la bolsa.

Todo había sido hecho según lo ordenado por Lucy.

Fue solo un viaje corto de cinco millas de su casa a la mía, lo cual fue sorprendente, ya que nunca nos habíamos visto antes.

Había sido nuestra primera reunión de la vida real que había ido mucho más lejos de lo que había esperado y supe que estaba enamorada de ella y que me dejaría hacerme lo que quisiera.

Dios, estaba cachondo, pero me senté allí y tratando de obedecer su orden de no jugar conmigo sin su permiso.

Normalmente, después de la mañana que acababa de pasar, mi mano derecha estaría jugando con todo, pero eso no iba a ser ahora.

Ahí, finalmente, eran las cinco de la tarde y desaté el cordón en la parte superior de la bolsa de terciopelo negro que la señora me había dado.

El latido de mi corazón pareció duplicarse en previsión de lo que tenía que encontrar y cerré los ojos cuando metí la mano en la bolsa.

Sentí la frialdad del metal y el calor del cuero y el caucho cuando mi mano agarró todo lo que había en la bolsa y lo tiré a la cama.

Allí, en la cama, había todo lo que me debía poner esa noche, que consistía en un collar, un pequeño arnés y un tubo de lubricante con tapón de trasero.

Gracias a Dios era pequeño, pensé cuando lo vi.

Inmediatamente, comencé a vestirme tomando primero el collar y determinando cómo pensaba que debía usarse.

Era similar a la que había tenido antes en el día, excepto que tenía solo dos pulgadas de altura y tenía tres anillos en forma de D unidos: uno al frente y otro a cada lado.

Tenía un candado abierto adjunto y, sabiendo cómo funcionaba, me lo puse de inmediato y lo abroché tan fuerte como pude sin estrangularme, y luego até y cerré el candado mientras miraba en un espejo para no cometer errores.

Luego miré el arnés en varias posiciones y finalmente lo descubrí.

Mantendría tanto el tapón de tope en su lugar, así como mis privaciones, ya que ese maldito y pequeño anillo de polla estaba allí otra vez.

Me paré frente al espejo completo de mi habitación y noté que desde que me había afeitado todo el vello púbico, mi polla tenía el doble de tamaño, incluso cuando estaba colgando allí sin fuerzas.

Puse una sonrisa en mi cara y esperé que Mi Ama también estuviera contenta cuando me viera de nuevo.

El arnés era similar al arnés de cuerpo que había usado al principio del día.

Debía ser usado al nivel de la cadera y tenía dos correas de doblez a cada lado que se conectaban a un anillo de metal en la parte delantera y trasera.

Abroché estas correas de forma segura y luego fui a la parte difícil empujando primero mis pelotas y luego mi polla a través de ese maldito anillo que sabía que Lucy había colocado demasiado pequeño.

Cuando los tuve metidos a través del anillo, me miré otra vez en el espejo y pensé en lo bien que se veía eso.

Debería ser el hit de la fiesta.

Mis rodillas empezaron a temblar un poco cuando pensé en lo que tenía que hacer a continuación, ya que sería la primera vez que usaría un tapón de trasero.

Tomé el lubricante y puse una cantidad suficiente en el extremo que inmediatamente me froté en el agujero de mi trasero y en su apertura inicial.

Luego puse tanto lubricante en el tapón como pude y separé las piernas, me puse en cuclillas un poco y lo puse lentamente en mi trasero.

El tapón tenía una base plana que evitaba que me chupara por completo y el exceso de lubricante rezumaba a su alrededor.

Entró más fácil de lo que había pensado y tomé un pañuelo y limpié el exceso de lubricante antes de sacar la correa del arnés del anillo del pene entre mis piernas y abrocharlo al anillo trasero.

El arnés tenía una bolsa para el tapón trasero, pero como lo había notado demasiado tarde, simplemente lo dejé enrollada alrededor del tapón y esperé que lo mantuviera en mi trasero con todo apretado.

Verifiqué la hora y me di cuenta de que era hora de irme y fue cuando me di cuenta de que iba a conducir casi desnudo y me dije a mí mismo que no rompiera ninguna regla de tráfico o que tendría que dar alguna explicación.

Esperaba que nadie me pasara o se detuviera a mi lado.

Mi garaje tenía entrada directa desde mi casa y con el abridor automático de la puerta del garaje, me sentía cómodo de que mis vecinos no notaran nada inusual.

Gracias a Dios por las ventanas tintadas.

Puse una toalla sobre el asiento del conductor y mi billetera y la licencia ya estaban en la guantera cuando revisé la lista de control en mi mente.

Ojalá hubiera sido invierno y todo estuviera oscuro, pero era un caluroso día de verano y la oscuridad no llegaría hasta en 3 horas todavía.

Luego me alejé de la casa después de asegurarme de que el garaje había cerrado.

Qué diablos estoy haciendo, solo han pasado horas desde nuestra primera reunión, pensé mientras conducía lentamente hacia su casa observando el tráfico y sintiendo cómo se conectaba dentro de mí.

Revisé continuamente el espejo retrovisor para la policía y cualquier otra persona que me siguiera.

No había policías a la vista, pero parecía haber un pequeño automóvil deportivo negro siguiéndome a distancia, pero no estaba absolutamente seguro de eso.

¡Ah, lo hice!

No grité a nadie, pero casi, cuando entré en el camino de entrada y conduje hasta el garaje.

Cuando entré en el garaje, me di cuenta de que tenía casi cinco minutos de anticipación y, sin saber qué hacer, simplemente me detuve donde debía hacerlo y apagué el motor.

Me senté allí pensando y convenciéndome de que todo estaba bien.

Me quité el reloj y lo coloqué en el asiento a mi lado.

La puerta del garaje se cerró detrás de mí y mi corazón comenzó a latir más rápido junto con el endurecimiento de mi polla.

Luego me senté en el calor de mis manos en mis muslos esperando lo que parecía ser una eternidad.

Escuché que la puerta de la casa se abría y, al mirar el reloj en el asiento, vi que habían transcurrido cinco minutos de la hora.

Debe haber sido la emoción porque me volví para ver a una mujer que entraba por la puerta y se dirigía hacia mí.

Era del tamaño de una amazona, pero no era gorda, solo era grande, de mi altura, pensé, muy atractiva, el cabello castaño recogido en un montón en la parte superior de su cabeza como una cola de caballo difusa mal colocada.

Y la puta tenía el juego de tetas más grande que alguna vez había visto.

Espera un segundo, pensé.

La he visto antes.

Ella trabaja en la tienda de licores.

La observé mientras se acercaba a la puerta y, por reflejo, la abrí para saludarla.

"Saca tu puta mano de la puerta y mira al frente. ¡Eres un esclavo! Siéntate y obedece". Ella ordenó.

Inmediatamente quité mi mano de la puerta y me senté allí tratando de revisar lo que acaba de suceder.

Ella debe ser una Ama.

Ella debe ser obedecida, pensé.

La puerta se abrió por completo y miré a la izquierda sin mover la cabeza y me encontré mirando un hermoso conjunto de muslos.

Su coño sin afeitar estaba cubierto con un paño rojo que tenía una cuarta parte del tamaño de un pañuelo facial y colgaba de una delgada cuerda dorada en sus caderas.

Llevaba un collar de cuero alrededor de su cuello que tenía menos de una pulgada de alto y que decía Esclava en él con letras de oro.

"¿Te gusta lo que ves en el culo? Te dije que miraras de frente".

"Sí, señora. Lo siento, señora". Respondí.

Bofetada ...

Ella me esposó en un lado de mi cabeza con su mano derecha.

"No soy una señora, pero debes obedecerme hasta que cumpla con mis deberes. Puedes referirte a mí como Cindy o esclava Cindy. ¿Entiendes?" ella preguntó.

"Sí, esclava Cindy. ¡Te entiendo perra!"

"Oh, el esclavo se ha vuelto loco", se rió entre dientes y agregó: "no te reirás en breve, muchacho. ¿Ya has servido en una fiesta?"

"No, este es mi primer día con Lucy". respondí

Bofetada ... esta vez su mano aterrizó en mi boca.

"Eso no fue nada en comparación con lo que está por venir. Sólo se la llamará señora Lucy a menos que esté en público. ¿Entiendes?"

"Sí, esclava Cindy". Respondí y asentí con la cabeza para indicarlo.

Luego agarró el anillo en forma de D en el lado izquierdo de mi cuello y mostró su fuerza, rápida y bruscamente me sacó de mi auto y sostuvo el anillo a la altura de la cintura cuando cerró la puerta.

Me había olvidado del tapón en mi trasero, que comenzó a dolerme un poco, y solté un gemido para indicarlo, lo que solo hizo que Cindy se sacudiera el cuello como una forma de decirme que lo dejara.

Mientras me rozaba contra ella, sentí su suavidad, olí su aroma y, por un segundo, pensé en saltar sobre ella, pero un tirón en mi cuello dejó caer esos pensamientos de mi mente.

Había una puerta en la parte trasera del garaje, la cual abrió y me condujo a través.

Entramos en lo que parecía un cuarto de servicio que tenía cortadoras de césped y cosas así en un lado y un gimnasio hogareño en el otro.

Había una ventana que daba a un jardín muy grande, hermoso y privado, que descubriría en breve, abarcaba toda la parte trasera de la casa y la propiedad.

Era extremadamente privado y miraba hacia el lago desde su patio, que estaba a unos treinta pies sobre la costa.

No habría un vecino a la distancia que pudiera oír nada.

"Inclínate y coloca tus manos en el banco", ordenó y luego volvió a ordenar, "abre las piernas a tres pies de distancia".

Una cadena corta del banco que tenía un gancho de seguridad se adjuntó al collar como un recordatorio de que no debía moverme.

Cindy luego apartó más mis piernas y desabrochó la parte posterior del arnés para darle acceso al tapón de trasero.

"Te he visto en la tienda de licores en el centro comercial", le dije.

Bofetada ... bofetada ... bofetada.

Cindy puso su mano con fuerza en mi culo.

"Imbécil, nuestras vidas privadas son nuestras vidas privadas y nunca deben ser discutidas en ninguna reunión tuya con cualquier Amante o en cualquier reunión del Grupo del Placer del Dolor. ¿Entiendes esto, Peter?"

"Sí, Cindy, entiendo. ¿Es ese el grupo de esta noche, Placer del Dolor?"

"Así se llama, Placer del Dolor, y nunca debes tomar nota de ello o mencionarlo en tu vida privada".

De repente ... "Agggggggggggg", gemí mientras sacaba el tapón del trasero sin previo aviso.

"Ustedes novatos nunca lo entienden bien", dijo mientras sostenía el tapón delante de mi cara. "Se supone que debe ir primero en la bolsa del arnés y luego dentro de su ano. Así".

"Agggggggg" ... maldita sea ... ella lo embistió a propósito, pensé.

Después de abrochar de nuevo el arnés, tan bruscamente cómo fue posible, la esclava Cindy soltó la cadena de mi collar y me levantó.

Mirando su reloj, dijo:

"Nos estamos quedando sin tiempo debido a tu estupidez. Toma dos pesas de veinte libras y haz flexiones hasta que te diga que te detengas".

"Eh," respondí, ya que no entendía eso en absoluto.

"Tonto del culo, ¿debo hacerlo todo por ti?"

Luego se dirigió a un estante, que estaba ubicado debajo de la ventana y sacó dos pesas de veinte libras como si fueran plumas e hizo algunas flexiones para mí.

Podía sentir mi cara enrojecida por la estupidez de mis comentarios.

Una vez que me había dado las pesas, inmediatamente comencé a hacer las flexiones ordenadas, pero me pregunté por qué estaba haciendo esto.

"¿Por qué demonios estoy levantando pesas? ¿Pensé que estaba aquí para una fiesta?" Le dije a Cindy mientras se alejaba de donde yo estaba.

Que hermoso culo tiene ella.

Puede que sea un poco gordita, pero apuesto a que es una gordita fantástica, pensé.

Se detuvo y se volvió para mirarme y me dijo:

"¿Eres estúpido o qué? Tu señora quiere presentar a su nuevo esclavo esta noche y espera que su esclavo tenga un cuerpo perfectamente tonificado. Será mejor que hagas un buen espectáculo esta noche, Peter o no se le otorgará la membresía completa en el Grupo. ¿Entendido? ¡Y deja de mirarme! Soy esclava de la señora Lucy también ".

Maldita sea, otra sumisa de la perra, pensé.

Mientras continuaba trabajando en mi cuerpo, tratando de volver a la vida mis abdominales y pectorales, Cindy sacó una gran lona azul de un armario y la colocó en el centro de la habitación, en el piso, justo enfrente de una puerta de garaje. al patio trasero.

Se ocupó colocando dos botellas frente a la lona, luego una tonelada de cuerda a cada lado y luego desde el otro lado de la habitación, levantó lo que parecía un gran trozo de madera del piso y lo colocó en el suelo.

La parte trasera de la lona.

Me di cuenta de que no era ligero, ya que al principio parecía que luchaba un poco con ella, pero demostró lo fuerte que era levantándola fácilmente una vez que tenía el control.

Dios, me está engañando, pensé.

Una hermosa mujer completamente dispuesta con una fuerza increíble.

Estaba empezando a ralentizar mi entrenamiento tanto por falta de entrenamiento como por concentrarme en la madera que Cindy había colocado en la lona.

No era rugosa, pero parecía que había sido lijada y terminada con un barniz.

Un perno grande en el medio de una superficie era lo único que perturbaba la suavidad de la pieza, que parecía que tenía cuatro pulgadas por cuatro pulgadas y aproximadamente seis pies de longitud.

Una vez que Cindy tuvo todo en su lugar, se acercó a mí y me vio luchar con las pesas, que ya parecían pesar unas diez veces más que cuando comencé a hacer ejercicio.

Ella se rió y pasó una mano suave sobre mi pecho y abdominales.

"Mmmm ... muy bien chico. ¿Estás listo para detenerte?"

"Oh, por favor, sí, no puedo seguir con esto por más tiempo. Mis brazos se sienten como si estuvieran listos para desprenderse y mis bíceps están ardiendo", respondí.

"Ja, ja, ja ... Ok, ¡detente! Baja las pesas y párate en medio de la lona, frente a la puerta. ¡AHORA!"

Dejé suavemente las pesas y salté a la mitad de la lona.

De pie allí, podía ver los jardines ya que la puerta tenía 2 ventanas pequeñas.

Maldición, incluso puedo ver Maine a través del lago.

Parecía un día caluroso y hermoso afuera, pero esta habitación tenía aire acondicionado y nos impedía sudar.

"¡Extiende tus brazos, zorra y extiende tus piernas! ¡Mantén esa posición y no te muevas!"

"¿Tienes que insultarme, Cindy? ¿No podrías simplemente llamarme Peter?"

"Solo te estoy preparando mentalmente para ser el chico de la fiesta y realmente no aprecio a alguien que intenta robarme a mi Ama", respondió ella buscando una de las botellas.

¡Oh, está celosa!

Dio la vuelta detrás de mí y comenzó a frotar el contenido de la botella sobre mi espalda.

Cristo, huele a piña colada, me dije mientras esas suaves manos seguían frotándome la espalda.

Luego encontraron mis nalgas y ella las pellizcó con una risita.

Luego ella continuó bajando mis piernas hasta el fondo.

"En caso de que te preguntes, esclavo, nuestra Ama pensó que causarías una gran impresión en las demás si estuvieras todo aceitado y eso es lo que estoy poniendo ahora y es un buen sabor de verano, ¿no crees? Mmm ... tu piel es bonita, suave y tersa. Les gustará eso ... mmmmm "

Luego cubrió mis brazos extendidos completamente con aceite hasta las puntas de mis dedos.

Después de frotarlo en los lados de mi pecho, la botella se vació y ella tomó la segunda.

Esta vez ella frotó suavemente sobre los músculos de mi pecho recién tonificados y pude ver la mirada en sus ojos y supe que ella me deseaba.

Saltando sobre mi polla y pelotas, ella terminó mis piernas y luego se arrodilló y agarró mi polla con fuerza, apretándola hasta que gemí.

Entonces vi sus labios sobre mi miembro mientras chupaba ligeramente la punta.

Fue solo el movimiento normal de un macho cachondo cuando puse una mano en la parte posterior de su cabeza cuando mi polla se endureció y la metí en su boca.

Su reacción fue rápida cuando me mordió el miembro y golpeó mis huevos con su mano derecha.

Todo lo que recuerdo fue gritar tan fuerte como pude: ¡Oh mierdaaaaa! unas cuantas veces y luego oír sonar el teléfono.

Mientras permanecía agazapado sobre mis manos privadas, Cindy contestó el teléfono.

"Sí, señora, lo siento, señora. Intentó darme sexo oral mientras lo estaba engrasando. Sí, señora, le diré que sí, lo haremos. Sí, señora". fue lo que le oí decir en el teléfono.

"Bueno, Peter, las Damas no están contentas con todo el ruido que hiciste y, como resultado, recibirás setenta y cinco latigazos en lugar de los sesenta que mereciste el día anterior. Y lo mejor es que yo daré quince de esos por tu actuación de ahora, así que grita otra vez si lo deseas. Cuando salgamos de esta sala para la fiesta, la señora quiere tu puta polla tan dura como una puta barra de acero y quiere que luches mientras nos acercamos. ¿Entiendes, esclavo?

"Sí, lo entiendo", espeté mientras miraba mi polla y mis bolas doloridas.

Venga.

Levántate.

Endurécete.

Traté de desearla erecta, pero no estaba teniendo mucho éxito.

Cindy se arrodilló ante mí y pasó sus suaves y aceitosas manos suavemente sobre mi polla y mis bolas durante lo que pareció ser un minuto o dos.

Solo con mirarla engrasándome todo y hacer que me acariciara el miembro, la vida regresó allí.

Parecía aliviada por eso cuando terminó de engrasar mi cuerpo y dejar la botella.

"¡Ponte de rodillas, chico! ¡Rápidamente, casi llegamos tarde!"

Mientras lo hacía, ella se fue detrás de mí y en ese trozo de madera comenzó a atar trozos de cuerda en diferentes ubicaciones, de manera que había alrededor de un pie de cuerda colgando de ambos extremos de cada cuerda en cada ubicación, de los cuales conté ocho cuando miré por encima de mi hombro para ver qué estaba pasando.

Luego levantando la madera, gruñendo por el peso, la levantó hasta el nivel de mi hombro.

¡Era un yugo! Debía ser tratado como un pedazo de carne.

"Inclina tu cabeza un poco esclavo y extiende tus brazos hacia mí. Esto puede parecer pesado, así que prepárate".

Lo hice e inmediatamente encontré el peso tan incómodo y tan inestable que la pieza se volcó y el extremo izquierdo quedó apoyado en el suelo.

"¡Oh, por el amor de Dios, Peter! ¿Eres un débil o qué? Eres un maldito imbécil, ¿verdad?"

Rápidamente ató la cuerda alrededor de mis brazos comenzando con la cuerda más cercana a mi torso en mi lado derecho hasta que las 4 se apretaron alrededor de mi brazo.

Intenté torcer mi brazo para liberarlo, pero el único movimiento disponible era de mi mano.

"Ahora, ten cuidado cada vez que pongas la cabeza hacia atrás, muchacho, ya que hay un perno en la madera inmediatamente detrás de tu cabeza. ¡Ahora separa las rodillas para que pueda equilibrar esto!"

Mientras obedecía, fue hacia el lado izquierdo y, sosteniendo la madera y el brazo que tenía debajo, la sacó y la equilibró sobre mis hombros.

Luego ató la cuerda sosteniendo mis brazos en su lugar en 4 secciones diferentes similares al lado derecho.

Oh, mierda, esto duele, pensé mientras sentía todo su peso, así como el tapón del trasero, que había vuelto a la vida y debía estar arrancando mis entrañas.

Gemí y gemí un poco, lo que pareció deleitar a la amazona.

"De acuerdo, veamos si puedo ayudarte a levantarte solo, en lugar de usar el polipasto". Dijo que cuando comenzó a incorporarme y luego seguí su ejemplo reorganizando mis rodillas y luego levantándome.

Ignorando el dolor tanto dentro como sobre mí, me puse de pie.

Ajá, ¿quién es el débil ahora, perra?

Cindy volvió a recoger la botella de aceite y luego se apretó contra mí para que pudiera sentir sus enormes tetas contra mi cuerpo y pronto mi polla estaba buscando cualquier parte de ella.

"¿Me llevarás a casa después, Peter? Necesito que me lleves y haré que valga la pena".

¿Ella quiso decir eso o está jugando conmigo?

No importaba porque tuvo el efecto deseado de ponerme duro y erguido hasta el punto de que sabía que era la erección más dura que había tenido en el día.

Luego hizo un pequeño toque sobre todo mi cuerpo para asegurarse de que todo estaba en su sitio.

Después de acabar en mi polla, Cindy gimió ante lo que vio.

Luego dejó la botella y fue a buscar la cuerda.

Tenía dos lazos de cuerda enrollada, que colocó a cada lado de mí.

No era como la cuerda de nylon gruesa que mantenía mis brazos en su lugar, sino más pequeña como una cuerda de tendedero.

Dos veces, con toda su fuerza, ató un extremo de cada cuerda enrollada a uno de mis pulgares apretando los nudos hasta que gemí cada vez que lo hacía.

Desenrolló cada sección de cuerda y las sostuvo como si fueran riendas.

"Ahora, cuando nos llamen a la fiesta, te jalaré hacia ellas y quiero que luches por las Damas, pero no tan fuerte como para que te caigas. Queremos que luches para que todas se emocionen. ¿Entiendes Peter? Oh, mierda, casi lo olvido ".

"Sí, Cindy, entiendo. Soy el animal salvaje con la correa". Respondí mientras la veía correr hacia un gabinete del cual ella sacó un trozo de cadena y, joder, no, puños de acero.

Ella tiró de una banda elástica que sostenía la llave del brazalete sobre su muñeca derecha mientras corría hacia mí.

"¡Rápido Peter, junta tus pies!" Ella ordenó y supe que el espectáculo estaba a punto de comenzar.

Se agachó y se colocó los puños en cada tobillo, colocándolos en su lugar.

El clic que hizo cada cerradura parecía tan fuerte como un grito.

Cuando se arrodilló frente a mí, puso mi polla en su boca y chupó con fuerza durante unos segundos que deseé que duraran para siempre.

"Eso fue para animarte más", dijo ella retocando mi cuerpo por el aceite que tomaba en su boca.

Justo cuando se levantó, la puerta del garaje se abrió y una ráfaga de aire caliente llegó a nuestros cuerpos.

Cindy ajustó el pedazo de tela roja que trataba de tapar su coño sin demasiado éxito y se aseguró de que su collar estuviera alineado correctamente.

"¿Listo, Peter?"

"¡Vamos a hacerlo maldita perra!" Respondí.

Me fulminó con la mirada y luego recogió las dos cuerdas atadas a mis pulgares, las apretó y me sacó luchando hacia el sol de la tarde.

CAPÍTULO IV

"Maldita sea ... Deja de tirar de forma tan jodidamente rápida", le susurré a Cindy.

Luego las riendas de mi yugo se aflojaron y noté que Cindy se había detenido mientras giraba a la izquierda hacia la Fiesta y estaba mirando a los tres machos que se acercaban, cada uno con un rollo de cuerda o correas de cuero.

Estaban desnudos, excepto por un pequeño taparrabos de cuero que cubría sus partes privadas.

Los tres eran aproximadamente de mi tamaño y edad y cada uno también llevaba un collar idéntico al que yo tenía puesto.

"Lo sacaremos de aquí, esclava Cindy. Debes reportarte al esclavo Ken de inmediato", dijo uno de ellos.

"No, todavía no está listo para esto. ¡Peter, no lo sabía! ¡Corre! ¡Sal de aquí! ¡Ahora!" Cindy me suplicó.

Comencé a darme la vuelta para irme, pero dos de los esclavos varones ya me habían alcanzado y aferrado a la cuerda sujeta a mis pulgares.

Aunque con la cadena trabada en mis pies, no habría conseguido andar cinco pasos de todos modos.

En la distancia, noté a un grupo de mujeres que observaban atentamente la situación en la que me encontraba y en la parte delantera del grupo estaba la señora Lucy.

Entonces me di cuenta de que Cindy caminaba, no, huía con la cabeza gacha y creo que estaba llorando.

¿En qué me he metido?

Qué imbécil soy.

Entonces mi situación y los que me tenían me devolvieron a la realidad.

"Saludos, esclavo Peter, soy el esclavo James y estos dos caballeros son los esclavos Bob y Frank. Por favor, no nos den un problema, Peter, y entonces no habrá ningún problema para usted".

"¿Por qué no te vas a la mierda? ¡Déjame en paz! No se discutió nada de esto con la señora Lucy, así que me largo de aquí", le grité al que se llama James.

"Sujétenlo bien fuerte", dijo James a los demás sin siquiera mirarme.

Luego agarró el eje de mi pene que era todo menos erecto, tiró con fuerza de él y deslizó un nudo de cuerda pequeña que se apretaba justo detrás de la cabeza.

Luego tiró de la cuerda apretándola tanto que solté un grito largo y fuerte.

"Eso te duele bastardo, ¡quítatelo, quítatelo!" Grité y luché con todas mis fuerzas.

Cuando lo hice, miré hacia el otro lado del césped y noté que las mujeres lo observaban todo mientras bebían un vaso de vino.

Parecía que otros esclavos desnudos estaban allí, probablemente como servidores, y también lo estaban observando todo.

"Para tu conocimiento, fue la señora Lucy quien ordenó esta situación. Deberías sentirte orgulloso, ya que esto nunca sucedió el primer día y si la superas, ella se convertirá en miembro de la Élite del Grupo con todos los derechos. Ahora, tú entretendrás y complacerás a los demás luchando. Solo considéranos como tus hermanos esclavos que están aquí para simplemente ayudarte esta noche, ja, ja. Y realmente lamentamos lo que está por suceder. Ok, muchachos, quiten la cuerda de sus pulgares y coloque las correas del collar. Tengo que llevarme al novato y, a menos que quiera perder el extremo de su polla, se comportará".

¿Oh Dios, qué he hecho?

¿Qué me van a hacer?

Miré a cada uno de mis captores con la esperanza de que los hiciera sentir como una mierda, pero lo único que hice fue enojarlos y tiraron de las correas que cada uno tenía sobre mí.

Los tres se miraron, asintieron y se volvieron hacia las Damas, dejándose caer sobre una rodilla, con la cabeza hacia abajo y cada una sosteniendo su correa en el aire con la mano derecha.

Miré a mis tres captores y me pregunté qué demonios estaba pasando.

James estaba frente a mí sosteniendo la correa del collar y Bob a mi izquierda con Frank a mi derecha, cada uno sostenía las correas de cuello.

A unos cien pies en línea recta, debajo de un gran toldo para protegerlas del ardiente sol, las Damas habían colocado una fila de sillas con dos de ellas en el frente ocupadas por la Señora Lucy y otra mujer afroamericana.

Todas las damas llevaban un pequeño vestido negro simple similar con accesorios dorados y botas negras.

La mujer que estaba al lado de Lucy se puso de pie, se volvió y señaló a una esclava arrodillada indicándole que se acercara.

Una esclava alta, bien bronceada y engrasada, con cabello largo y liso y negro, se levantó y se quedó con la cabeza inclinada frente a la señora Lucy y la dama negra.

Cada una de las dos damas le dio un artículo que sostuvo en cada mano y luego se volvió y caminó hacia nosotros.

Oh Dios, ella también es hermosa, pensé, y comparándola con Cindy, noté que tenía la misma altura, pero en mucho mejor estado, todo lo cual se acentuaba con su piel bronceada y engrasada.

Entonces la reconocí.

Ella era la consejera legal de la tribu indígena de la Primera Nación local y ella misma era una indígena norteamericana.

Mirando a mi alrededor, me di cuenta de que solo esta mujer, unos cuantos esclavos arrodillados, y yo, estábamos engrasados.

Ninguno de mis captores lo estaba.

"Oh, mierda, amigo jodido. Es Angela. Ella te cortará las pelotas si le das un mal rato", dijo Bob.

"Lo siento, Peter, pero es mejor que seas tú, que nosotros", dijo James, con Frank también de acuerdo.

Miré a la mujer que se nos acercaba con aire de confianza y una sonrisa en su rostro.

También llevaba un trozo de tela roja, que trataba de ocultar su entrepierna pero que no cubría nada, y una cadena de oro que la sostenía alrededor de sus caderas y nada más ni zapatos ni aretes, y ella también llevaba mucho maquillaje como Cindy.

Noté que en su mano derecha sostenía un látigo marrón y en su mano izquierda había algo que no podía ver.

Cuando ella se acercó, comencé a retroceder y luego empecé a forcejear con las correas adjuntas, lo que hizo que mis tres captores se pusieran de pie y me mantuvieran en su lugar tirando hacia atrás.

"Suelten las malditas cuerdas, bastardos. ¡Déjenme ir! ¡Dejarme salir de aquí! Por el amor de Dios, chicos, me van a dejar salir ahora".

Grité esto tan fuerte como pude y me di cuenta de que Angela ahora corría hacia nosotros, el cabello negro bailando detrás de ella y casi ya alcanzándonos.

El sol caliente parecía deslumbrar su piel engrasada, lo cual era una tontería en la que pensar en lugar de tratar de encontrar un escape de mi apuro.

"Abre tu bocota, chico", dijo ella con voz profunda y fuerte mientras agarraba mi brazo izquierdo, "No queremos que los vecinos escuchen ahora, ¿verdad?"

"Vete a la mierda puta negra, ¡quiero salir de aquí y ahora!"

En seguida me di cuenta de que no debería haber dicho nada, especialmente por los calificativos despectivos a su origen africano, pero ella solo sonrió a mis comentarios.

"Sigue así y estás muerto, jodida carne", susurró en mi oído izquierdo. "Ahora abre tu maldita boca, chico", gritó mientras saludaba con la cabeza a James.

El dolor de un tirón fuerte en la correa de la polla, así como Angela tirando de mi cabeza hacia atrás por el pelo para que mi cabeza golpeara en el perno en la madera me hizo gritar con la boca abierta.

Fue entonces cuando ella me introdujo en la boca un gran pedazo de cuero tejido, que inmediatamente dobló detrás de mi cabeza en un nudo lo más rudo posible.

"¿Cómo está esta puta?" ella ladró.

Lo mejor que pude, respondí a través de la mordaza y dije:

"¡Vete a la mierda, asquerosa zorra! ¡Sácame esa cosa! Quiero estar fuera de aquí", y aunque mi respuesta sonaba como ... Hmphhh ... hmphhh ... hmphhh, era distinguible para ella el sentido de la misma ya que su mano abierta se apretó en un puño mientras intentaba controlar la situación.

"James, dame la correa del cinturón y luego toma a tus dos amiguitos y sus correas y vete a la mierda aquí, la señora Lucy y la señora Samantha han cambiado de opinión acerca del entretenimiento, para ser justos con Peter, esto nunca se discutió con él. "Ordenó Angela.

"Pero yo ..." tartamudeó y lo pensó mejor.

Él asintió con la cabeza a sus dos ayudantes y ambos comenzaron a caminar hacia el resto del grupo.

Angela se volvió hacia el grupo de damas y levantó su brazo izquierdo con una mano abierta para indicar 5 minutos.

Luego se volvió hacia mí y agarró el anillo D en la parte delantera de mi cuello, del cual tiró y me arrastró para volver al cuarto de servicio que había dejado hace unos minutos con Cindy.

Me puso de nuevo en la lona y fue a un armario a buscar otra botella de aceite para el cuerpo, que ella trajo de vuelta y se paró frente a mí.

"Ahora Peter, solo nos quedan unos minutos, así que déjame ponerte al día. Tu Ama ha subido la apuesta inicial por así decirlo y te ha ofrecido como su boleto para pasar rápidamente a un estado de Élite en el Placer del Dolor. ¿Has oído hablar de eso? Bueno, ¿a quién le importa lo que piensas de todos modos? ¿Estuviste de acuerdo en ser su esclavo, Peter? ¿Estuviste de acuerdo en asistir a la fiesta como su esclavo? ¡Indícalo asintiendo con la cabeza si eso es cierto!"

Yo asentí que sí.

"Bueno, eso lo resuelve. Me preocupaba que tu miedo hubiera sido real, pero has firmado un contrato con Lucy y, a partir de este momento, no puedo hacer nada al respecto. Pero vas a pagar por tus arrebatos y tú voy a hacerte cumplir tu contrato con tu Ama. ¿Sabes quién soy?

Asentí con la cabeza otra vez, por lo que ella desató la cuerda de la cabeza de mi pene.

"Ahí, no necesitaré esa correa. Supongo que esos tres débiles pensaron que eso impresionaría; debe ser una cuestión de hombres. ¿Eso se siente mejor, Peter? ¿Te gusta cargar todo el peso del yugo en tus hombros? Eso fue mi idea, una vez que me contaron tus atributos físicos. Espero que te duela mucho, porque los comentarios que hiciste sobre mí me dolieron y te serán devueltos ".

Parecía divagar al hacerme preguntas, pero nunca esperando una respuesta como estaba amordazado o sacudiendo la cabeza, así que pensé que lo mejor era permanecer así y no hacer nada.

Mientras hablaba, se desabrochó el arnés que llevaba puesto y lentamente me sacó el tapón del trasero, pero sin mostró ninguna preocupación en sacar mis bolas y mi polla del anillo, lo que me hizo gritar y morder la mordaza.

Una vez el tapón estaba fuera, ella lo tiró todo sobre la lona.

Sus suaves manos pasaron por mi culo, pelotas y suavemente sobre mi polla, que estaba más que floja que la correa que se había atado a ella.

"¿Esto se siente mejor Peter?" ella preguntó.

Asentí con la cabeza al sentimiento afirmativo de que mis músculos se relajaron una vez que se retiró el tapón.

Ella rió en voz baja y dijo:

"Bueno, eso es bueno, así que será mejor que lo disfrutes mientras puedas porque tengo algo un poco más siniestro planeado para el show. Y hablando de eso, es mejor que nos pongamos en marcha o ambos estemos en Ahora, Peter, solo para que sepas, el látigo que tengo está hecho de abedul, que proporciona una gran cantidad de ruido, pero poco daño, pero los látigos que los demás usarán en ti son principalmente de piel de becerro engrasada y causan un dolor considerable, así que ten cuidado. Pero los dos tipos no dejarán marcas permanentes en tu cuerpo. Me obedecerás por el resto de la noche, ya que te será más fácil y no olvidarás el contrato que hiciste con tu Ama. Lo primero que haré será presentarte a las Damas, la mayoría de las cuales tienen altos cargos públicos o profesionales y, por el momento, desean que sus identidades y su participación se mantengan en secreto. Al frente de este Show está la Señora Samantha, que está sentada junto a la Señora Lucy y debe ser obedecida al 100%. No hay espacio para el error con ella, solo haz lo que dice Peter. ¿Entiendes Peter?"

Asentí con la cabeza otra vez, y mientras lo hacía, observé a Angela tocar su cuerpo con aceite y una vez que estuvo en su piel bronceada, pareció iluminar la habitación.

Mi débil miembro comenzó a volver a la vida ya que reflejaba el placer que veía en mis ojos de la hermosa mujer que tenía delante.

Luego se acercó a mí y comenzó a frotarme con aceite sobre mi pecho, mis pezones y mis abdominales.

Luego agarró mi miembro y comenzó a acariciarlo hasta que sintió que la erección duraría un tiempo.

"Es una pena que no te haya encontrado antes de que lo hiciera Lucy o que no sea yo la que busque la membresía hoy, ya que todas las mujeres que ingresan Placer del Dolor deben ingresar como esclavas de una Ama hasta que encuentren un esclavo masculino y femenino para que las sirva. ¿Te hubiera gustado haber sido mi esclavo, Peter?

No estaba seguro de la respuesta que buscaba, asentí con la cabeza y luego su mano derecha golpeó mi mejilla izquierda 3 veces cada una más fuerte que la otra.

Entonces ella rápidamente se paró detrás de mí y me obligó a enfrentar la puerta abierta.

"¡Maldito cerdo! ¿No muestras lealtad a tu Ama o simplemente estás tratando de apaciguarme? ¡Qué imbécil eres, Peter! Ahora estamos listos para seguir y seguirás mis órdenes verbales sin tener que usar una correa y no lo intentes nada para anticipar lo que va a suceder o en qué dirección ir. Si desobedeces o no haces un buen espectáculo, usaré el mango de mi látigo y realmente no creo que quieras que haga eso, porque como lo haré dejará una marca permanente. ¡Listo chico! ¡Adelante! "

Justo cuando ella me preguntó si estaba listo, el látigo me dio una golpe en el culo que hizo el ruido fuerte prometido pero una picadura sorprendentemente agradable que debe de haber satisfecho a mi polla ya que se levantaba aún más dura de lo que estaba antes.

Luego, cuando estábamos fuera del edificio, otros tres latigazos cayeron pesadamente sobre mi espalda que me dolieron, lo que me hizo gritar en mi mordaza y me hizo retroceder, pero no girar.

Esta acción solo trajo otro golpe a mis nalgas y luego me ordenó girar a la izquierda.

Una vez que lo hube hecho, me dijo que corriera, lo cual era imposible ya que estaba encadenado, pero Angela pareció no prestar atención a eso y continuó azotándome la espalda, el culo y los muslos mientras seguía luchando y gritando en mi mordaza.

"Muévete directamente hacia la señora Lucy", ordenó.

Miré hacia arriba entre golpes y la vez mirando el suelo en busca de fallas en el mismo, ya que no quería resbalar, y al ver a mi Ama, me dirigí hacia ella.

Estaba hablando con una Ama negra a su lado, a su izquierda, quien supuse que era la señora Samantha y que parecía estar de acuerdo con la aprobación del esclavo elegido por Lucy, yo.

Cuando me acerqué, noté una estructura de madera a mi derecha.

¿Una horca?

Vaya mierda.

"Párate, esclavo", ordenó Angela cuando estaba a 5 pasos de mi ama Lucy.

Luego se movió a mi lado y dio un duro golpe en mi polla aún erecta.

"¡De rodillas cuando estés frente a tu Ama!"

Caí de rodillas e inmediatamente recibí otros tres latigazos pesados en mi espalda que me dolieron, pero que me dieron más placer que antes, pero no pude entender ni ver mi pene erecto.

Escuché una orden, que creo, era de Angela que agachara la cabeza hasta que tocara el suelo y la mantuviera allí.

Mientras lo hacía, el peso de la pieza de madera en mi espalda me hizo gritar y recibir otro golpe.

Luego, todo quedó en silencio durante un período de aproximadamente diez segundos que pareció durar una eternidad y una voz que asumí que era la Señora Samantha por su proximidad y voz autoritaria, comenzó a hablar.

"Señoras, bienvenidas a esta reunión especial del Grupo del Placer del Dolor. Estamos aquí para reconocer oficialmente a Lucy como nuestra nueva miembro de élite y la felicitamos por su elección de esclavo, que estoy seguro de que la complacerá mucho. Lucen geniales todas, señoras, ¿engrasadas así y listas para nuestros látigos? Lucy, hay un asunto sobresaliente de la disciplina de esclavos que sé que ahora resolverás. ¿Qué has elegido?"

"Gracias, señora Samantha, por todas sus amables palabras. Le demostraré a todos que, como una verdadera dominante y profesional, soy y seré un líder de todos los hombres, todos los cuales son inferiores a nosotros. ¡Esclavo Peter! Él eligió su primer castigo para ser suspendido en su primera participación. Se le presentará a cada Ama presente y a sus látigos, comenzando con la Señora Samantha y terminando conmigo misma, lo que significará un total de once lecciones. Esto será seguido por el final, al que solo llamaré El Tormento Final, ya que es algo nuevo que Angela y yo hemos creado. Todos los esclavos, con excepción de la esclava Cindy, irán de inmediato a la sala de espera en el sótano ya que no se les permite ver el primer castigo del nuevo esclavo Peter ".

Cuando la Dominatrix terminó, escuché un murmullo de satisfacción y un aplauso, que fue diferente a los primeros sonidos, que debían de ser de los esclavos que estaban detrás de cada una de sus Amas.

Nadie nunca ha tenido tantas lecciones, fue susurrado por un esclavo.

La Ama dijo:

"Bien hecho, Lucy, qué cuerpo tan fantástico tiene tu chico".

No me preguntaron ni asumí que me preguntaran si estaba de acuerdo con el entretenimiento planeado, ya que quería ser su esclavo más que nada.

"¡Vamos Peter, es hora de que estés preparado para saludar a todas las Amas!" Angela ordenó.

Intenté levantar la cabeza, pero el peso del yugo sobre mis hombros y mi agotamiento no me permitieron hacerlo. Angela pidió que la esclava Cindy se acercara para ayudar, y las dos tomaron un extremo del yugo y me levantaron con facilidad.

Cuando me levanté, miré a mi alrededor y noté que los esclavos se iban y las Amas en pequeños grupos se entretenían con vino y entremeses y pensé en lo mucho que necesitaba una bebida.

Miré a Cindy y sonreí a través de mi mordaza tratando de insinuar que no estaba enojada con ella por la sorprendente secuencia de eventos.

Me miró a los ojos y luego apretó suavemente mi brazo.

Angela me arrastró por un anillo en D en mi cuello hasta que estuve directamente debajo del brazo extendido de la horca.

Parado allí, miré hacia arriba y noté un cable con un gancho de seguridad adjunto, luego escuché un motor y observé que el gancho bajaba para terminar justo debajo de mi cabeza.

¿Qué dijo la señora?

¿Suspensión y participación y algo más?

Debo prestar más atención.

"Cindy, desata las cuerdas en su muñeca y el antebrazo en ese extremo del yugo y yo lo haré en este otro. Debemos poner los brazaletes de suspensión en el chico y luego la barra de suspensión frente a él. Una vez hecho esto, lo desataremos y guardaremos el yugo de madera. La señora Lucy no quiere perder más tiempo ". Dijo Angela.

Luego me pusieron puños gruesos de cuero en las muñecas y supe para qué eran, ya que había revisado los anuncios fetichistas en Internet.

Una vez en marcha, Angela levantó una pesada barra de acero de aproximadamente seis pies de largo, delante de mí.

Tenía cadenas con ganchos de presión en cada extremo, un anillo pesado en el medio.

Cindy rompió rápidamente los ganchos de cada cadena en la parte superior de los puños que sujetaban mis muñecas y una vez que la segunda estuvo en marcha, Angela bajó lentamente la barra hasta que la sostuve por mi cuenta.

El peso adicional en mi cuerpo y brazos me hizo gemir ruidosamente en mi mordaza y noté que Lucy me miraba y el grupo con el que estaba comenzó a sonreír y reír.

Angela y Cindy se movieron rápidamente para quitar el yugo, lo que me hizo sentir mucho mejor e incluso después de que levantaron la barra sobre mi cabeza y pusieron el anillo en el gancho de seguridad, sentí que la presión se eliminaba de mi cuerpo.

Angela se me acercó y me susurró para que nadie, ni siquiera Cindy pudiera escuchar:

"Esclavo, ahora te quitaré la mordaza y te daré agua antes de que se hagan las presentaciones. Si no te comportas bien antes de la noche. se acabó, honestamente, y te cortaré ambos pezones. ¿Entendido?

Asentí con entusiasmo, diciendo sí, cuando me dirigí a ella deseando beber y retener mis pezones.

Noté que la barra de la que colgaban mis brazos se giró conmigo cuando hice esto y al mirar hacia arriba, entendí por qué el gancho de seguridad tenía un eslabón giratorio incorporado para que pudiera girar en cualquier dirección.

Cindy luego quitó la mordaza de mi boca y, mientras estaba de pie detrás de mí, presionó suavemente sus pechos contra mi espalda, lo que causó que un gemido de placer escapara de mis labios.

Gracias a Dios, Angela no había oído ni visto nada de eso, me dije.

Angela luego llevó una botella de agua a mis labios, de la cual intenté tragar todo, pero solo se me permitieron unos pocos sorbos.

"Lo siento, Peter", dijo Angela, "Pero solo puedo darte unos cuantos sorbos o puedes tener un calambre o incluso enfermarte. Oh, Cindy, genial, tienes la barra de distribución para sus pies. Pongámoslo en marcha rápidamente, Peter. Recuerda lo que dije sobre gritar ".

Primero, Cindy abrió la traba de mis pies con la llave que había guardado en una pulsera y luego las dos chicas agarraron rápidamente la barra, que tenía que medir unos tres pies de largo, y abrocharon una correa de cuero a cada tobillo.

Mientras esto ocurría, sabía por qué Angela me había dado el recordatorio de gritar, ya que no solo me separaba de la barra, sino que ahora colgaba suspendida del suelo en una posición de águila extendida colgando de mis muñecas.

Todo lo que podía hacer era apretar mis dientes y gemir lo más suavemente posible.

Luego, Angela probó mi situación moviéndome lentamente de un lado a otro y luego girándome una vez para asegurar que el giro funcionara.

Cuando me hizo frente a las Amas, dijo:

"Esclavo, te pondrás de rodillas antes de saludar a cada Ama y tendrás la cabeza gacha, los ojos bajados. La saludarás cuando ella esté frente a ti y lo harás así 'Saludos, señora, soy el esclavo Peter de la señora Lucy'. Luego nos ordenará que te pongamos de pie sobre los dos pies o en total suspensión y luego te presentará formalmente su látigo y otras cosas. Todos las Amas tienen permiso para hacerlo. te azotan tantas veces como deseen, desde los hombros hasta los dedos de los pies, pero para tu pene, solo debe usar un látigo. Recuerda no llorar Peter o serán más duras contigo. ¿Entiendes Peter?

"Sí, Angela, entiendo", le dije, pero tenía miedo de preguntarle qué significaba "y otras cosas".

"Esclavo, quiero que hagas algo por mí. Supongamos que acabas de recibir un golpe, gírate hacia la izquierda media vuelta. ¡AHORA!"

Tuve que intentarlo unas cuantas veces hasta que lo entendí bien, ya que la primera vez fui demasiado lejos y luego no lo suficientemente lejos en los próximas veces o gire por completo.

Luego me pusieron de puntillas y tuve que repetir el proceso hasta que lo hice bien.

Mientras me instruían en esta técnica de girado, Cindy había colocado una mesa frente a mí y sobre ella había flageladores de varios tipos y colores y una gran pecera de vidrio llena de pinzas de madera.

Angela luego le hizo un gesto con la cabeza a Cindy para que viniera a mi lado y luego Angela se dirigió a los Amas.

Joder, ella es muy hermosa y también lo son Cindy y todas las Amas, pensé cuando Cindy comenzó a acariciar mi polla de nuevo para mantenerla duro, supongo.

"Sé valiente Peter y pronto terminará. Te quiero Peter", susurró.

CAPÍTULO V

Un escalofrío recorrió mi cuerpo mientras estaba allí esperando mi destino, mantenido en mi lugar por Cindy mientras acariciaba suavemente mi virilidad.

Recuerdo que miraba hacia el lago y los veleros que se dirigían a casa en un lecho de agua cada vez más tranquilo.

Los primeros pensamientos del atardecer empezaron a afianzarse y supe que estaría oscuro en menos de una hora y me pregunté a dónde se había ido el tiempo.

"Prepárense. Están llegando", Angela le ordenó a Cindy cuando volví a la realidad.

No había notado el regreso de Angela y cuando me volví hacia ella, me dio una fuerte bofetada en las nalgas y dejó escapar una risita.

"Apenas puedo esperar para ver si lograras en la próxima hora ya que es mejor que pongas a todas las Damas calientes y húmedas durante tu presentación. Ahora Cindy, pon a esta puta de rodillas antes de que estén aquí. Y Peter, recuerda lo que te he dicho ".

Mi cuerpo en forma de águila extendida se apoyó en mis rodillas con la ayuda de Cindy, ya que no estaba seguro de cuál era la mejor manera de ponerme en posición.

De rodillas, mantuve la cabeza baja, como lo ordenó Angela, pero sabía por la visión periférica que tenía y por sus voces que ahora estaban frente a nosotros.

"Señoras del Placer del Dolor, les ofrezco a mi esclavo, el esclavo Peter, para su consideración. Por favor, utilícenlo bien. Después de completar la prueba de mi hombre sin valor, habrá un espectáculo especial para ustedes que Angela ha preparado tan amablemente. Lady Samantha, por favor, tenga la amabilidad de comenzar la ceremonia ".

Todos se quedaron callados delante de mí y pude escuchar a la señora Samantha cuando se acercaba e incluso cuando retiraba las pinzas del cuenco.

Una de las Damas luego dijo suavemente a otra persona:

"Ah, el aguijón, ella lo pondrá a prueba".

Murmullos afirmativos a través de la reunión.

Cuando ella estaba frente a mí, le dije lo que me había dicho Angela:

"Saludos, señora, soy el esclavo Peter de la señora Lucy".

"Levanta la cabeza y mírame, esclavo", me ordenó.

Mientras levantaba la cabeza lentamente, noté que en su mano izquierda sostenía dos pinzas para la ropa y en su derecha sostenía un látigo de cuero rojo oscuro.

El látigo se veía como un látigo corto, trenzado, pero al final tenía una longitud adicional de nueve colas hechas de cuero casi del tamaño de una cuerda, cada una anudada al final.

'Que mierda', pensé.

Tan ingenuo como soy, sabía que el látigo que sostenía no era el flagelador que Angela había descrito.

Miré a Angela y ella sonrió de una manera apenas inocente y se encogió de hombros.

'Esa perra va a conseguir lo que busca algún día'.

Sabía que me iba a doler más de lo que había explicado anteriormente, pero lo iba a tomar como fuera demostrarle a Angela que podía aguantar.

La señora Samantha había visto esta interacción y se echó a reír.

"Señoras, parece que a este esclavo no se le dijo todo sobre el show de esta noche, pero él aceptó estar aquí y esta será una buena lección para él. ¡Esperemos a un esclavo desconcertado!"

"Peter, esclavo, ¿estás de acuerdo en que estás subordinado a todas las mujeres, que todas las mujeres son superiores a los hombres, que servirás y obedecerás a todas las mujeres sin importar dónde estés y que aprenderás a apoyar el movimiento de Placer del Dolor?"

"Sí, señora Samantha, estoy de acuerdo," contesté.

"¿Sabes quién soy, esclavo, y qué hago?"

"Sí, señora. Usted tiene su propio bufete de abogados en Maine que yo he usado, pero solo he tratado con su personal".

"Nuestra participación en este Grupo debe ser confidencial. ¿Entiendes Peter y podemos contar con que lo mantengamos en secreto?"

"Entiendo que la señora y yo siempre mantendremos todo confidencial".

"¿Has probado el dulce néctar de una diosa negra, esclavo y deseas hacerlo?" ella preguntó.

"Sí, señora Samantha, lo deseo".

Tan pronto como mencioné esas palabras, la mano sostenida por el látigo fue a la parte posterior de mi cabeza y la empujó hacia su coño en espera que había sido expuesto por su otra mano al levantarse su vestido.

Mi lengua inmediatamente buscó su clítoris, que estaba caliente, y nadando en jugos de sexo, y mientras lo lamía, sentí que se endurecía y crecía.

Sin pedir permiso, giré mi cabeza ligeramente, abrí la boca que rodeaba su sexo y comencé a absorberlo todo a un ritmo cada vez mayor.

Por unos segundos, ella golpeó su coño en mi cara y luego me empujó bruscamente.

"Ah, perra", gritó y abofeteó mi cara con su látigo. "Lucy, lo has hecho muy bien ... no solo el cuerpo de esta zorra está hecho para servirnos, sino que creo que su mente también está lista para servirnos".

La señora Samantha dio un paso atrás y, mirando a su esclava, Angela dijo: "Listo", y luego le dio las dos pinzas para la ropa a Cindy.

Fui levantado completamente del suelo, completamente suspendido en esta salvaje postura de águila extendida, frente a la cabeza de este Grupo de Placer del Dolor.

Noté que Cindy miraba algo pensativa en las pinzas de ropa y luego procedió a poner una en mi pezón izquierdo y otra en el saco de mis huevos, lo que causó un gemido silencioso saliera de mis labios.

Mientras esto sucedía, miré a Samantha, que se veía increíblemente salvaje para mí y sentí que mi polla se endurecía.

"¡Miren, damas! La puta ya está presentando sus respetos correctamente ante mí".

Inmediatamente después de decir esto, me golpeó con fuerza el muslo derecho y luego otra vez en el izquierdo, lo que me hizo luchar en mis ataduras, pero no emitir un sonido entre mis dientes apretados.

"Angela, media vuelta por favor," ordenó Samantha.

Angela entonces siseó en mi oído lo suficientemente fuerte como para que todos lo escucharan.

"Vuélvete, puta perra, y se rápido".

Con todas mis fuerzas, rápidamente di la vuelta lo más suavemente posible y todo el tiempo pensando en Angela y diciéndome a mí mismo:

'Voy a tener a esa puta para mí'.

Seguro que ella podría ser un poco más agradable en otras circunstancias.

Cuando completé el giro, miré a los ojos de Angela e intenté matarla sin mucho éxito.

Luego Samantha me dio dos duros latigazos en la espalda con su látigo y luego supe por qué se referían a él como el aguijón.

Era como si con cada golpe, pudiera sentir las nueve colas del látigo entrando a mi cuerpo, pero, aun así, tenía una sensación de hormigueo que casi parecía exigir más.

Cuando mi lucha interior se calmó, escuché a Samantha decir, "¿Listo, Angela?" y luego oí un silencio de la multitud de damas reunidas cerca.

Bajé la vista y observé cómo Angela se inclinaba hacia mí y se llevaba mi polla erecta a la boca, trabajándola hasta que la tuvo como quería y luego levantó la mano derecha.

En ese momento, mi mundo explotó con una serie de duros golpes en las nalgas y los dientes de Angela apretando la polla con tanta fuerza que pensé que ella me la cortaría.

No grité, pero mis gemidos a través de los dientes apretados sonaban como si masticara tierra.

Mientras luchaba en esta posición de total esclavitud, Angela continuó mordiéndome el pene hasta que la señora Samantha habló:

"Angela, detente de una vez. Serás castigada más tarde por este arrebato. ¿Qué demonios estabas pensando mujer?"

Luego me puse de pie y, con la ayuda de Cindy, me volví hacia el Grupo y una vez más me puse de rodillas.

Mientras bajaba la cabeza, mi ama habló al grupo:

"La siguiente será nuestra invitada de fuera del distrito, la señora Victoria, que ayudó a establecer nuestro Grupo local. Señora Victoria, por favor".

"Saludos, señora, soy el esclavo de la señora Lucy," dije cuando ella se paró frente a mí.

"¡Levanta a tu cabeza, chico! ¿Sabes quién soy?"

Cuando levanté la cabeza, volví a notar las dos pinzas para la ropa, pero esta vez su mano derecha sostenía un pequeño látigo y mi corazón se hundió, pero no se llevó mi virilidad, ya que permanecí duro de alguna manera.

Miré hacia arriba a los ojos de una mujer madura que aún era extremadamente hermosa y tenía el cuerpo de alguien mucho más joven.

"Eres la señora Victoria. He intercambiado correos electrónicos contigo cuando me uní a tu grupo de rol, pero nunca fui bueno en eso y me rendí. Lo siento, señora".

Honestamente, esperaba no haberla disgustado mientras bajaba la cabeza.

"Levanta y gira", me ordenó Angela a mí.

Primero, le dio las dos pinzas para la ropa a Cindy, que, de nuevo después de mirarlas, levantó las cejas y luego procedió a poner ambas en mi pene: En la piel a cada lado de los huevos en la base.

Luego vinieron cinco duros latigazos en mi espalda y mi trasero mientras gemía y luchaba en mis ataduras.

"Excelente, excelente", declaró la señora Victoria antes de que volviera a mi posición de rodillas.

Y así fue, con diferentes castigos de todas estas mujeres poderosas, cada una de ellas fue convocada por mi Ama.

Desde Nellie, profesora de secundaria, hasta Flora, actriz de telenovelas, a Jane, doctora, a Jemina, profesora de Historia, a Rosie, artista en un Talent Show, a Laura, dueña de la estación de televisión que me invitó a su isla.

Hubo dos excepciones que señalaré con más detalle, Clara, presentadora de un canal de noticias por cable y Celine la chica del tiempo del mismo canal.

Cuando llamaron a la señora Clara, se acercó dándole una palmada a un gran látigo negro que colgaba de su muslo y se detuvo justo delante de mí casi tocando mi cabeza inclinada.

"Saludos, señora, soy el esclavo Peter de la señora Lucy", tartamudeé algo tembloroso y con miedo mientras seguía golpeando el látigo en su pierna sabiendo que podía ver su juguete.

"Levante la cabeza, señor. ¿Sabe quién soy?"

El señor fue dicho de manera despectiva para que todos lo escucharan.

Cuando levanté la cabeza, y la miré por primera vez en la vida real me di cuenta de que era incluso más hermosa que en la televisión.

Tenía un cuerpo bien afinado para morirse y su cabello era actualmente rubio oscuro hasta los hombros y, por lo que había leído, su cerebro superaba a la mayoría de los hombres.

"Sí, señora Clara, eres un referente en el Cable".

Cuando dije esto, noté que ella no estaba prestando atención a nada de lo que dije, sino que estaba mirando a Angela.

Volví la cabeza en dirección a Angela y noté que estaba mirando a Clara y sonriendo y lamiéndose sus labios.

"Esa chica también es bromista, cachonda y le va todo", pensé en Angela y suavemente me reí a carcajadas.

Desafortunadamente, la señora Clara pensó que me estaba riendo de ella y me abofeteó.

"¡Señora Lucy! Este cerdo tuyo se atreve a reírse de mí. ¿Qué va a hacer al respecto?"

"Mis disculpas Clara. Angela, toma las pinzas y ponlas en el bastardo. ¡Ahora!" Ella ordenó.

Cuando Angela fue a la mesa por las pinzas, le preguntó a Lucy qué tan apretada deseaba que se pusieran y la respuesta de Lucy fue:

"Cuando ya no puedas apretarlas más, estarán perfectas".

"Señora Clara, espero que esto cuente con su aprobación" Lucy preguntó.

"¡Levántalo de puntillas!" Dijo Clara mientras le daba las pinzas a Cindy.

Angela luego le ordenó a Cindy que quitara todas las pinzas de ropa de mis pezones y me las pusiera en la polla una vez que me levanté en posición.

Cindy no me miró a los ojos cuando retiraron las cuatro pinzas para ropa y las transfirieron a mi polla y luego las pinzas de Clara se colocaron en mis huevos.

En ese momento, mi pene estaba casi completamente cubierto en cada lado por los pasadores.

Luego, Angela, sonriente y amigable, la perra hizo lo suyo con las abrazaderas.

Cada abrazadera consistía en dos barras de metal planas con tornillos en cada extremo que se debían apretar a mano.

Después de que se aflojara cada una, colocó una abrazadera sobre un pezón con una barra encima y debajo, y luego hizo que Cindy sacara el pezón por la abrazadera mientras lo apretaba.

Una vez que ambos estuvieron sujetos, me sentí algo aliviado ya que solo Cindy tirando de ellos causaba algún tipo de dolor.

"Ahora voy a apretarlos, perra", dijo mientras ambos nos mirábamos el uno al otro.

A medida que los apretaba, el dolor era comenzaba a ser insoportable.

Nunca había sentido un dolor tan severo, pero que me condenen que no les iba a dar el gusto de gritar porque eso es exactamente lo que Angela quería que hiciera.

Clara me ordenó que girara, lo cual aprecié porque, después de que todas mis fantasías televisivas con ella se hubieran roto al saber que prefería al sexo opuesto, no quería verla azotándome y sintiendo la humillación.

En realidad, su azotes con el látigo eran dolorosos pero emocionantes.

¿Sería por mi humillación?

Con la señora Celine, nunca llegamos a la fase de azotes.

Después de su acercamiento y mi introducción, miré su belleza y sonrió, y dije que la había visto durante años todos los fines de semana mientras presentaba el informe meteorológico local y solté que estaba enamorada de ella y pensé que se veía fantástica.

"¿Quieres probar a tu chica del tiempo, Peter?"

"Sería un honor, Ama," contesté y luego procedí a colocar mi cabeza entre sus piernas mientras ella levantaba su vestido.

Estaba caliente y húmeda y necesitaba un orgasmo.

Mi lengua trabajó duro en su clítoris mientras bombeaba su cuerpo contra mi cara.

Cuando estuvo completamente hinchado, pude sostenerlo con mis labios mientras mi lengua lo recorría.

No pasó mucho tiempo antes de que ella gimiera con un orgasmo y los jugos de amor cubrieran mi cara.

Luego dio un paso atrás, dejó caer el látigo y se acercó a mi Ama y le preguntó en broma si me vendería a ella.

Después de haber pasado por mis presentaciones con cada una de las Amas, me arrodillé con la cabeza inclinada y supe que la Señora Lucy estaba delante de mí.

"Saludos, señora Lucy. Soy tu esclavo, tu esclavo Peter".

"Levanta tu cabeza esclavo"

Cuando lo hice, supe por qué estaba allí esa noche, ya que su belleza era cautivadora y realmente la amaba.

No sostenía ninguna pinza, pero sí un pequeño látigo en su mano derecha, que supe de inmediato para qué era, ya que en su mano izquierda sostenía una mordaza.

"Bien hecho esclavo. Pronto terminará tu juicio y las damas acordaron permitir que se te pusiera la mordaza para que puedas gritar cuando sea necesario durante el resto de la noche. Ahora, Angela, ponle la mordaza en suspensión frontal y completamente apretada a este chico. "

Angela tomó la mordaza y sin ninguna suavidad la introdujo en mi boca y aseguró la mordaza con fuerza después de empujar mi cabeza.

Las Damas observaron todo esto, especialmente cuando me ayudó a levantarme por las abrazaderas y por primera vez pude gritar en la mordaza.

Me dejaron en suspensión total para que todos lo vieran.

Cuando le ordenaron a Angela que me quitara las pinzas, las Damas observaron con gran interés mi reacción a la extracción de cada una de ellas mientras gritaba y luchaba tratando de consolar mis pezones.

Entonces Lucy se acercó y se paró frente a mí.

"Por favor, Peter, demuéstrales a todas que eres mi esclavo. Ahora quitaré todas tus pinzas de ropa con mi juguetito y no muy suavemente. Todos están observando tu reacción a lo que hago, así que hagámoslo bien".

Asentí y cerré mis ojos decididos a no lanzar un grito más cuando las colas del látigo empezaron a aterrizar dondequiera que se había colocado una pinza para la ropa, pero la mayoría estaban en mi polla y pelotas.

Gemí y luché tratando de escapar del látigo hasta que finalmente se detuvo y abrí los ojos a un sonriente Ama.

"Bien hecho Peter", dijo y luego se dirigió a sus invitadas. "Habrá un breve intervalo de tiempo antes de la presentación de La Suspensión Final. ¿Podríais, por favor, acompañarme con un vaso de vino helado de mi propiedad mientras las chicas preparan el entretenimiento final de la noche?"

"¿De qué diablos está hablando?", Pensé.

¿La Suspensión Final? ¿Me van a colgar?

Luego me bajaron al suelo y me dijeron que me arrodillara mientras Angela y Cindy se ocupaban de prepararse para qué: ¿Mi muerte?

Estaba demasiado cansado para hacer algo, incluso cuando la barra pesada se desconectó del cable y la colocaron detrás de mí.

Cuando miré mi polla, la vi colgando débilmente y supe que incluso el Viagra no sería muy útil en ese momento.

Asombrado, observé cómo Angela y Cindy sacaban a la luz algún tipo de motor, que conectaban, al cable y luego, después de enchufarlo, lo probaban para asegurarse de que funcionaba.

Luego, la barra que sujetaba las cadenas a los puños de mi muñeca estaba pegada a la parte inferior del dispositivo y todo se izó levantándome hasta que me suspendieron de nuevo.

Esta vez, aflojaron la barra de separación en mis tobillos y me la quitaron cuando me bajaron a mis pies.

Cindy luego colocó pesadas esposas de cuero en mis muslos justo por encima de las rodillas y cuando ambas estaban abrochadas con fuerza, me bajaron a una posición sentada.

Me sentí adormecido por todas partes y no temí ningún otro intento de infligirme dolor.

Luego, se ató una cadena de cada manguito del muslo a la barra superior y se apretó hasta que pareció que estaba sentado con las piernas abiertas, mientras el cable me levantaba hasta que estaba a unos cinco pies sobre el nivel del suelo.

"Cindy, probemos esto antes de la actuación final".

Angela lo mencionó en voz baja y luego tomó un cable eléctrico conectado al dispositivo que estaba encima de mí.

Lo que parecía una caja de control de algún tipo estaba conectado al cable por el que Angela comenzó a pasar sus dedos.

Primero me giraron en el sentido de las agujas del reloj y luego en sentido contrario a las agujas del reloj en giros completos a varias velocidades y luego también me sacudí hacia arriba y abajo.

Satisfecha, Angela le ordenó a Cindy que preparara la última pieza, que observé desde arriba.

Llevaron un poste redondo de acero pesado, que tenía más de cuatro pies de largo a una posición directamente debajo de mí y lo atornillaron en lo que pensé que era un orificio de drenaje incrustado en concreto al nivel del suelo.

Después de asegurarse de que estaba apretado y sin movimientos sueltos, Angela tomó un cono de acero inoxidable de una caja y comenzó a atornillarlo en la parte superior del poste de metal.

En ese momento, todo esto estaba sucediendo directamente debajo de mi cuerpo, así que tuve una buena visión de lo que se estaba haciendo y lo que pensé que sucedería, lo que dio inicio a una sesión de luchas duras de mi parte ya que no quería formar parte de esto.

Angela inmediatamente agarró la base de mis pelotas, apretó y golpeó la bolsa de los huevos, que sostenía, tan fuerte como pudo con su puño derecho, lo que provocó que gritase dentro de la mordaza, ya que todo lo que vi era manchas negras brillantes delante de mis ojos.

"Basta, Peter o te seguiré golpeando hasta que te desmayes. ¿Entendido?" Preguntó Angela.

Me detuve, pero por dos motivos, uno de los cuales era la amenaza de Angela y el otro era el hecho de que mi cuerpo estaba todo agotado.

No podía aguantar más porque la suspensión me lo impedía y supe que, por el resto de la noche, simplemente colgaría aquí aguantando el dolor.

Intenté recuperar el aliento mientras observaba el cono más de cerca.

Aunque era difícil decirlo, la parte superior estaba redondeada y parecía tener alrededor de media pulgada de diámetro.

Este aumentaba a lo largo de unas diez pulgadas de longitud hasta un diámetro de unas dos o tres pulgadas en la base, que me pareció de unos diez pies.

Cindy luego lo cubrió todo con una gruesa capa de lubricante y luego, colocando una cantidad sustancial en la punta de sus dedos, comenzó a frotarme el ano con eso.

Ella se echó a reír mientras escupía tratando de introducirme sus dedos, lo que de repente terminó dentro de mí causándome jadear y gemir.

Mientras atendían a mi trasero, Angela conectó un reproductor de CD y probó rápidamente su canción elegida para este jodido evento creado por ella, que esperaba devolverle en especie algún próximo día.

Reconocí la música de inmediato ... y supe que su ritmo lento haría que todas las Damas se emocionaran, pero me causaría mucho dolor.

El reproductor de CD también se adjuntó a la caja de control del dispositivo.

Angela había pregrabado los primeros compases instrumentales de la canción y ahora la tocó para llamar la atención de las Damas para indicar que estaba lista.

Vi como las Damas vinieron y se pararon en un semicírculo a mi alrededor a unos cinco pies de distancia y vi a Angela saludar a la Señora Lucy mientras apagaba la música.

"Señoras, esta es una breve presentación que se le ocurrió a Angela y que ella llama La Suspensión Final.

Mi esclavo Peter no fue informado de esto hasta hace unos minutos y es una buena manera para que mi esclavo sepa que siempre debe esperar lo inesperado.

"Puedes continuar Angela ". Lucy dijo.

"Gracias señora", respondió Angela. "Espero que disfruten del espectáculo al que yo llamo La Suspensión Final y que todos los hombres deberían soportar por la presentación en el Placer del Dolor".

Luego, Angela giró y se dirigió a la caja de control y encendió algunos interruptores, lo que hizo que Cindy bajara y guiara mi cuerpo hacia el cono, que entró unos primeros centímetros de mi culo.

Grité en la mordaza ante esta penetración y al mismo tiempo noté que todas las Damas se habían cogido de los brazos y estaban observando atentamente esta humillación de mi cuerpo.

Entonces comenzó la música y durante el primer minuto mi cuerpo fue subido una pulgada y bajó una o dos pulgadas y volvió a subir y volvió a bajar todo el tiempo al ritmo de la música.

Las Damas, brazo a brazo, parecían estar moviéndose también al ritmo de la música lo mejor que podían hacer.

También escuché que gritaban cosas como "Esto debería suceder a todos los hombres", "las mujeres gobiernan", "los hombres son escoria", "viva el Placer del Dolor", con vítores y palmadas para toda la canción.

Sabía que la perra Angela sería bien recompensada por esto, pero no había nada que pudiera hacer sino simplemente estar allí gritando cada vez que me penetraban en un territorio virgen para mí.

Durante el segundo minuto de la canción, debí haber sido penetrado tres o cuatro pulgadas ya que ya no me movía hacia arriba y hacia abajo, sino que ahora el cono estaba girado en pequeños movimientos hacia la izquierda y hacia la derecha.

Luego el último minuto ... fue uno en el que grité durante todo el minuto, minuto infinito que me pareció.

No solo aumentó el giro del cono, sino que también lo hizo el movimiento hacia arriba y hacia abajo.

Solo pude escuchar rugidos de aprobación de la multitud y supe que estaba empezando a perder la conciencia con cada latido y finalmente, con el final de la canción, el giro se detuvo y mi cuerpo se dejó caer sobre el cono; mi peso bajándolo todo lo que podía.

Entonces grité más fuerte de lo que nunca había hecho en mi vida y luego me desmayé.

* * *

Cuando desperté, estaba solo ... no había nadie allí.

El día se había convertido en noche, pero las luces de la casa y de la finca proporcionaban suficiente luz como para poder ver dónde estaba.

Al estar tendido debajo de la estructura de la horca, alguien había echado una manta sobre mi cuerpo y mirando a mi alrededor, no había indicios de que alguna vez hubiera tenido lugar una sesión de ningún tipo.

¿Lo habría imaginado todo?

Ese pensamiento cambió cuando intenté moverme y sentí todos los dolores dentro de mi cuerpo.

Estaba libre de mis ataduras y mordaza, desnudo en el pasto y no tenía idea de qué hacer.

Música y risas vinieron de la casa, pero no quería saber nada de eso y luchando por levantarme, me dirigí al edificio de la entrada donde había sido preparado.

Tropecé por el edificio y encontré mi camino hacia mi auto, al cual entré rápidamente y quise arrancarlo, pero no pude encontrar las llaves.

"¡Fuera del coche chico!"

Levanté la vista y vi a Cindy vestida con una blusa blanca y una falda corta.

Sin sujetador, Dios es hermosa, pensé, pero sabía que no podía hacer nada en este momento.

"¿Me escuchaste muchacho? Sal del auto ahora. Los hombres deben obedecer a todas las hembras y eso significa que Peter, ahora te vas a ir a la mierda de aquí en el auto".

¿Estaba demasiado cansado para discutir o sabía mi lugar en el grupo?

De todos modos, salí de mi auto y vi a Cindy tendiéndome la ropa para que me la pusiera.

"Hey, ¡esa ropa es mía! "¿De dónde sacaste todo eso?" Pregunté.

"Solo póntela y móntate en el auto, debo llevarte a casa y cuidarte. La señora Lucy estaba preocupada por tu bienestar".

Estaba demasiado cansada para decir algo y agradecido de que alguien me llevara a casa.

Cindy estacionó a un lado de la entrada, sin elegir entrar o abrir el garaje.

Las luces estaban encendidas en la casa y supe que no me había dejado ninguna encendida así que me di cuenta de que habían tomado mis llaves y habían preparado la casa en algún momento durante la noche.

Después de que ella me metió en la casa, Cindy me llevó al baño y me hizo entrar a la ducha, en la que entró conmigo.

Ella me lavó, manteniéndome cerca de ella ... se sentía tan suave y tan bien que supe que dentro de poco mi cuerpo volvería a la normalidad.

Mientras el agua salpicaba sobre nosotros, escuché un fuerte ruido en la zona de la habitación.

"¿Qué fue eso? ¿Hay alguien más aquí?"

"Relájate Peter. Eso fue solo el sistema de enfriamiento central o algo así. Tuviste un día difícil. Vamos a secarnos y tumbarnos en la cama".

Ella suavemente me arrastró y me secó besando mi cuerpo donde estaba adolorido o marcado y, finalmente, me dio un fuerte beso en los labios con su lengua pareciendo masajear la mía.

Oh dios, ella me está excitando.

Desnudos, nos fuimos del brazo a la habitación de invitados, que tenía todas las luces encendidas.

Me imaginé que Cindy lo había hecho.

Cuando entramos, me sorprendió ver a la ama Lucy desnuda en la cama usando nada más que una tanga negra.

"Ah, aquí están mis dos esclavos. Ambos lucen fantásticos. Venga, Cindy y únete a mí. No, no tú, Peter, no quiero esclavo. No se requerirán tus servicios esta noche, ¡así que ve a la habitación principal ahora!"

Mi corazón cayó más bajo que nunca al escuchar sus palabras y con la cabeza baja, fui a mi habitación.

Estaba oscuro, así que naturalmente encendí la luz y ¡allí en el piso de la habitación estaba Angela!

Estaba desnuda con puños de metal en sus muñecas cerradas detrás de su espalda y también en sus tobillos y levantada en una posición sumisa al tener su largo cabello atado con una cuerda que estaba fuertemente atada a sus tobillos.

Una mordaza contenía sus gritos ahogados cuando me vio asimilar su belleza y al darse cuenta de lo que iba a pasar a continuación.

Junto a ella había un pequeño látigo de cuero con una sola cola trenzada que parecía un látigo de toro en miniatura y encima había una nota.

La nota era de la señora Lucy y sencillamente decía:

"Recuerda Peter, siempre espera lo inesperado".

Cuando levanté el látigo, mi virilidad volvió con fuerza y supe desde ese momento que nunca dejaría de pertenecer al Placer del Dolor.

EL DESEO DE SANDY

71

"Te espero en la habitación de siempre del hotel esta noche, te necesito".

Sandy cuelga el teléfono a Sam, anticipando nerviosamente su gran noche.

Nunca ha tomado medidas tan audaces con ningún otro amante.

Aunque era exigente y hambrienta como un loba, ningún hombre ha tocado sus pasiones más profundas como lo hace este amante.

Y cuando ella tentativamente se lo comenta, para su deleite, él es receptivo a ello.

Su mente se volvió loca.

¿Puede este amante realmente darle lo que ella anhela?

En su rutina diaria, Sam es un hombre poderoso y exitoso, un hombre que en su mundo todos se detienen a escucharle.

Y en su mundo, Sandy es una madre casada suburbana tranquila, también escuchada, pero solo por hijos pequeños.

Ella desea control y respeto casi tan fuertemente como él desea que alguien lo cuide.

Alguien que asuma la responsabilidad.

Alguien para aliviar la presión de estar siempre al cargo.

* * *

Sandy se para delante de la puerta de la habitación del hotel, sabiendo que él la espera adentro.

Nerviosa llama a la puerta.

Invocando su coraje y recordando sus fantasías, interpreta su papel un poco.

"Abre la puerta ahora mismo, o me voy a casa".

Sam sonríe al escuchar la voz de su amante ordenándole.

Casi puede escuchar la risa musical que acompaña a la mayor parte de su discurso, sabiendo que él en su vida, en general, la hace reír y esto en particular es un cambio de ritmo para ella por lo que debe estar explotando de alegría.

Cuando la puerta se abre, ella evita una sonrisa.

Él le sonríe y sus ojos atraviesan los de ella en un intento involuntario de luchar por el control de la situación.

"No esta noche, Sam. No esta noche. Esta noche estoy a cargo yo, no tú. Quítatelo todo y ve a la cama. Ahora mimo o me iré".

Sandy pronuncia estas palabras con creciente confianza.

Su voz resuena firmemente.

De pie, con los pies firmemente plantados en el suelo, Sandy lo ve desnudarse.

Cada prenda de vestir que se quita revela un poco más de su físico increíble.

WOW.

Cómo le gusta a ella.

"Ahora acuéstate en la cama. Y No te muevas, Sam, o me iré. Lo digo en serio".

Sandy suena seria y firme, su primer ejercicio de control, y con la emoción creciendo a cada minuto.

Se acuesta en la cama, su masculinidad, de momento floja, va creciendo lentamente, creando una línea perpendicular a su cuerpo tumbado.

"Tus ojos en mí. Mírame".

Sandy está de pie a los pies de la cama, con su amante desnudo delante de ella.

Mientras se quita muy lentamente, y deliberadamente, cada prenda de vestir.

Tirando lentamente de su camiseta sobre su cabeza, se detiene frente a él.

Su escote sobresale de las copas del sujetador negro tratando, endeblemente, de mantener sus tetas en su lugar.

Su delgada cintura está cubierta por un corsé negro, atado en la parte delantera para enfatizar sus curvas.

                     ERIKA SANDERS

Lentamente se quita la falda, centímetro a centímetro, revelando una diminuta tanga de cuentas negras y con delicados lazos, también negros, en cada cadera.

Girándose para que él mire su espalda, lentamente se desabrocha el sujetador para que sus senos se balanceen libremente sobre su corsé, liberados de su prisión temporal.

Sandy suspira con deleite.

Con la espalda hacia su amante, gira la cabeza sobre su hombro y nuevamente le advierte:

"No te muevas".

Girándose, lentamente, y exponiendo sus deliciosos senos hacia él, lleva el sostén en sus manos.

Lanzándoselo hacia la cama, cae sobre su rodilla.

El encaje del sujetador le hace cosquillas en la rodilla y comienza a agacharse para quitarlo.

Sandy lo mira severamente:

"Esta es tu primera advertencia. No te muevas. Sabes muy bien lo que sucederá si lo haces".

Mientras lucha por quedarse quieto, siente que el sujetador le está incomodando, haciéndole cosquillas en la rodilla.

Es cada vez más consciente de su presencia.

Su piel hormiguea de deseo de rascarse.

Mientras sus miradas se siguen encontrándose, Sandy tira lentamente de los lazos de los costados de su tanga negra, desatándola.

Mientras, cae al suelo, junto la demás ropa.

De pie, ya totalmente desnuda, salvo el corsé, Sandy levanta lentamente su rodilla izquierda desde el pie de la cama hasta el colchón, a punto de arrastrarse hacia él.

Levantando la otra rodilla, ella está a sus pies.

Con las manos estiradas hacia adelante, su cuerpo se balancea ligeramente con una lujuria incontrolada.

Ella se balancea sobre sus rodillas, imitando su deseo de montar su polla dura, mientras mira con lujuria sus ojos.

Sam yace allí, dispuesto a mantener sus manos a los costados, luchando contra el impulso de tomar el control de este hermosa gatita sexual al pie de su cama.

Se recuerda a sí mismo cuánto tiempo han esperado para consumar esta fantasía correctamente, y quiere cumplirla hasta el último detalle.

Se retuerce impaciente, recordándose a sí mismo que, si se mueve, arruinará este delicioso juego.

Su polla se mantiene firme en la atención y Sandy no puede evitar observar cuán absolutamente apetecible se ve.

Lamiendo sus labios sugestivamente, se encuentra con su mirada, notando el sudor que se forma en su labio superior.

Mientras él lucha por seguir sus deseos para esa noche.

Ella se detiene y se da cuenta de que su sostén aún le roza la rodilla, sabiendo que el material de la tela tiene que estar volviéndole loco.

Afortunadamente para él, ella lo levanta de su rodilla.

Pero luego pasa la tela de malla y encaje lentamente por su muslo, sobre su ingle, acariciando ligeramente su piel, hasta que finalmente la arroja detrás de ella al montón de ropa desechada al pie de la cama.

Deslizando su cuerpo con gracia, ella acerca su boca a centímetros de la de él.

Mirando sus labios, ella sabe que esta es la boca que ella besa con pasión cruda, con tanta hambre.

Ella sabe que él está luchando contra sus deseos más fuertes de no quedarse quieto y devorarla con su boca.

Sentada sobre su pecho, apoyando su cuerpo con sus fuertes piernas, su coñito deseoso y su exuberante piel rozan su torso.

A horcajadas sobre él, ella le pregunta suavemente:

"¿Te gustaría probarme?"

Temblando, sabiendo que han intercambiado completamente el poder por esa noche, solo puede asentir.

En respuesta a su asentimiento, Sandy pasa su dedo medio sobre su raja goteante, levantándose ligeramente, para que la mire.

Con su dedo brillando con sus jugos, lo pasa por debajo de su nariz, sin tocar su piel.

"¿Puedes olerme, Sam?"

De nuevo asiente.

"¿Te gustaría probarme, Sam?"

Sandy absorbe completamente su papel de estar al cargo y disfruta de tentarlo y burlarse de él, sabiendo que al final de la noche, habrán experimentado algo completamente nuevo.

Sandy toca con su dedo el tembloroso labio superior de él, alimentándolo con sus jugos como un oasis en el desierto.

Al pasar el dedo sobre sus labios, ella se inclina hacia adelante, por lo que sus senos se balancean y rozan su pecho mientras lo hace.

Sacando la lengua, lame solo sus labios, compartiendo sus jugos, saboreando sus labios, refrenándose para no devorarlo, sabiendo que una vez que la bese, perderá el control que tanto ha trabajado para conseguir.

Con los labios tensos al tocar, Sandy recupera rápidamente su leve pérdida de compostura.

Metiendo su dedo entre sus dientes, él lame su esencia.

Sus ojos y los de él nunca se separan y con su mirada ya se han follado miles de veces antes de que las partes de sus cuerpos incluso converjan.

Deslizándose un poco por su torso, su trasero juega con su polla erecta mientras sus nalgas envuelven su palpitante virilidad que se esfuerza por empujar entre sus piernas.

Ella continúa deslizándose hacia atrás, su cálida flor caliente roza la punta de su vara dura, tentando y burlándose de él con su calor.

Ella se desliza por sus piernas, que él lucha para mantener quietas, hasta que su boca alcanza su erección masiva.

Lentamente deslizando la punta de su lengua entre sus labios, Sandy le lame la cabeza, pero nada más.

Su amante se esfuerza por empujar profundamente en su garganta, pero ella se niega a sucumbir a su deseo de encerrarlo con la boca.

En cambio, ella lo atormenta lentamente, solo lamiendo como un cono de helado, saboreando la cabeza redondeada de su polla.

"¿Quieres más, Sam?" Sandy pregunta dulcemente.

"Uh huh", una respuesta estrangulada emerge de su garganta.

"Necesito que demuestres lo que quieres. Muéstrame lo que debo hacer con tu boca".

Cuando Sandy dice esto, desliza su cuerpo hacia arriba desde su polla hacia su boca, donde planta su coño goteando junto a su boca.

"Muéstrame cómo te gusta ser lamido. Necesito aprender y solo tú sabes lo que más necesitas".

Sandy se sienta a horcajadas directamente sobre su boca, mientras agarra el costado de su cabeza con ambas manos, guiando su cabeza hacia adelante para poner su boca y su coño en contacto directo.

"Cómeme. Muéstrame cuánto me quieres".

Cuando ella le ordena que haga esto, Sandy suelta su cabeza y se recuesta sobre sus brazos, acercando su coño a su boca.

Echando la cabeza hacia atrás en éxtasis, se da cuenta de que su amante nuevamente está disfrutando totalmente de su juego de roles mientras él le da vueltas con hambre a su coño, sabiendo qué, si hace un buen trabajo, las recompensas serán inmensas.

Pasando su lengua sobre sus labios, abriendo su flor, succionando su clítoris, alternativamente se siente más increíble en su boca hambrienta.

Él continúa lamiéndola hasta que su excitación le baja por la barbilla.

Él la alcanza para agarrar sus caderas y ella retrocede rápidamente.

"Te dije que no te movieras. Esta es tu segunda advertencia".

Mientras retira rápidamente su coño de su boca, observa la mirada perpleja en los ojos de su amante.

Incapaz de permanecer completamente en el papel, Sandy se inclina hacia adelante y le lame los jugos con ternura de la cara, besando sus mejillas y mirándolo a los ojos para que comprenda que ella realmente está jugando el juego, pero que nada realmente la alejará de él.

Después de que ella le lame la boca, el recordatorio de su propia excitación casi hace que pierda el control.

Temblando por mantener su papel, ella se aleja rápidamente de él nuevamente y se baja de la cama para mirar a su amante acostado allí, esperando su próximo movimiento.

Su polla brilla donde ella lamió la cabeza, pero ella nota una pequeña gota de líquido preseminal empujando desde la punta.

"Sam, parece que estás muy emocionado. ¿Puedes contarme sobre eso?"

"Me estás volviendo loco, Sandy. Esta es la tortura más dulce que he conocido".

"Bueno, Sam, la paciencia tiene sus recompensas y quiero que los dos aprendamos algo. Y no estoy cerca de terminar contigo".

Mientras dice esto, rápidamente se separa de la cama y se inclina para darle a su amante una vista de su culo maravillosamente redondeado.

Gime lujuriosamente, sabiendo que solo tiene que mirar.

Saca algo en su bolso y se da vuelta sosteniendo un pequeño objeto, pero con el puño apretado, obviamente, porque no está lista para que él vea.

"Cierra los ojos", le ordena.

Cada parte de su fuerza de voluntad se pone a prueba ya que las únicas restricciones y prohibiciones que ellos usan para este juego de roles son puramente mentales.

Él ha elegido no moverse ni abrir los ojos, simplemente porque Sandy lo ha solicitado.

Él siente que su cuerpo se coloca junto al suyo y el colchón se mueve ligeramente, ya que ella debe haberse sentado a su lado.

Su pequeña mano toca la cabeza de su polla, su dedo frotando el líquido preseminal alrededor de la parte superior.

"Sam, parece que estás listo para explotar. Pero yo estoy lista para eso. Pero no te preocupes y no abras los ojos ni te muevas".

El silencio es ensordecedor ya que el único sonido en la habitación es su respiración cada vez más laboriosa.

Sandy agarra su polla con una mano, y con la otra desliza algo sobre la cabeza, un frío anillo de metal que hace que un escalofrío recorra su cuerpo y le haga temblar la espalda.

Ella desliza el anillo hasta la base de su polla, y su pulsación se contrae.

Inmediatamente, se siente cada vez más fuerte e hinchándose.

"Abre tus ojos."

Su amante abre los ojos y capta un destello de metal y un cojinete en la base de su enorme erección.

"Un anillo para la polla, ¿eh?"

"Esta es mi comodín de seguridad, Sam. Tengo muchas cosas que hacer contigo y no quiero que esto termine antes de comenzar. ¿Puedes sentirlo?"

"Sí, está apretado".

"¿Es incómodo?"

"No, solo diferente".

Su amante traga saliva, con un poco de nerviosismo, por no haber usado nunca ningún tipo de juguete para adultos.

"El rodamiento está diseñado para darme placer. Voy a ver cómo se siente. Quédate quieto".

Sandy está disfrutando de su juego de control y su excitación comienza a estar en un punto álgido.

Sus jugos calientes fluyen libremente, por lo que todo lo que tiene que hacer es montarle, a horcajadas, y bajar sobre él, que le llena inmediatamente con su enorme polla.

Se inclina hacia adelante haciendo que el rodamiento ruede sobre su clítoris.

Su cuerpo inmediatamente calienta el frío metal y presiona sugestivamente contra su punto mágico mientras ella se balancea hacia adelante.

Su miembro arqueándose ligeramente mientras ella se aprieta en el cojinete.

Le agarra sus muñecas con sus pequeñas manos, aunque cualquier tipo de inmovilización es meramente simbólico, ya que él podría vencerla fácilmente.

Su juego no es realmente sobre el poder.

Ella simplemente se hace pasar por la agresora, la heroína conquistadora.

Con un astuto guiño de comprensión tácita entre ellos, su placer mutuo se intensifica.

"Esto es lo que quiero, Sam. ¿Puedes sentirme? ¿Puedes sentir lo caliente que me pones?"

Sandy se muerde el labio inferior mientras presiona más fuerte.

Las paredes de su vagina se tensan, agarrando el miembro de Sam con dominación posesiva.

Ella se levanta más alto, apretando su miembro mientras él siente que el anillo de la polla restringe su excitación, haciendo que se ponga más dura.

Sam hace una mueca ya que su instinto es lanzar sus caderas salvajemente hacia las profundidades de sus encantos femeninos.

Pero recordando que ya tiene dos advertencias, lucha para contenerse.

Sandy se desliza hasta la parte superior de su polla, con solo la cabeza dentro de ella y se sienta perfectamente quieta, preparada para liberarlo o rodearlo.

El momento de tensión se prolonga cuando Sandy permanece perfectamente quieta.

"Sam, ¿estás disfrutando esto? ¿Te gusta cómo juega tu amante? ¿Puedes seguirme otra vez?"

La burla juguetona de Sandy emociona a Sam cuando se da cuenta de que puede cruzar la línea solo una vez.

En lugar de responderle, levanta las caderas y hunde su palpitante miembro lleno de virilidad en ella.

El cojinete del anillo de martillo rueda sobre su clítoris y él le sonríe juguetonamente,

"¿Tres advertencias me envían a la banca?"

Sandy se estremece por un momento, dispuesta a mantener el control y le devuelve la sonrisa a Sam:

"Analogía de béisbol, ¿eh? Yo diría que esto es un aviso de falta. Vamos a por otro lanzamiento".

Sandy continúa sujetando la muñeca de Sam con una especie de agarre falso mientras se separa a regañadientes de él.

Mirándolo, de repente la premisa del juego pierde importancia.

Ella quiere que este hombre empuje dentro de ella y está perdiendo por momentos su fuerza de voluntad.

"Creo que necesito consultar con el lanzador", afirma Sandy, mientras mantiene viva la analogía del béisbol, pero se inclina para besar a Sam.

Apretando su boca contra la de él, ella gime lujuriosamente, mientras el juego de roles se evapora rápidamente.

Sin aliento, ella se separa de él.

"Fóllame ya. Esa es mi orden, Sam".

Sam le sonríe a su Sandy y da un suspiro de alivio.

"¿Con o sin esta cosa?"

Sam señala el anillo de la polla con curiosidad.

"Con eso, hasta que estés a punto de llegar al clímax, entonces te lo quitaré".

Sandy se da vuelta sobre su espalda y abre las piernas con una invitación seductora.

"Sam, recuerda que todavía estoy al cargo, y quiero que me folles con tu boca".

"Con mucho gusto, mi ama. Con mucho gusto. Ahora es tu turno de quedarte quieta".

Mientras Sandy abre las piernas, Sam se coloca entre ellas y da vueltas hambrientas con la lengua entre ellas, sintiendo el néctar. deslizarse sobre su lengua, que fluye agradecido por su excitación.

Mientras le lame su flor abierta, paseándose alrededor de ella, Sandy gime con un anhelo de deseo primitivo.

Sandy se pierde en las sensaciones de la lengua de Sam y flota a un lugar muy alejado de su habitación de hotel.

Agarrando su cabeza, ella lo invita en silencio a unirse a su viaje extático.

Sam mide sus respuestas y sabe que está al borde de su orgasmo.

Él desliza hacia arriba su cuerpo, su sabor aún en sus labios.

Mientras empuja su polla dentro de ella, la besa en su boca profundamente.

Al entrar en ella con facilidad, Sam siente que sus paredes temblorosas lo rodean.

Ella siente su anillo contra su clítoris mientras Sam empuja una y otra vez, mostrándole que se necesitan dos, no uno, para hacer el amor.

Ella dobla las piernas hacia atrás hasta que descansan sobre los hombros de Sam, y él la penetra por completo.

Su cuerpo está lleno de él, su clítoris le hace cosquillas y siente cada profundidad de su feminidad.

Sam consume su cara, cuello y hombros con sus besos.

"Oh Sam"

Sam acelera su paso, sabiendo que su Sandy está muy cerca del clímax.

Ella comienza a revolverse y él recuerda la premisa de la noche.

"¿Estás lista, mi ama?"

"Lo estoy."

Deteniéndose por un momento, Sam se retira nuevamente de Sandy.

Ella agarra su polla, saturada con sus jugos, y rueda el anillo de la polla hacia arriba.

La bola de metal redondeada traza un camino invisible a lo largo de su polla.

Sosteniendo el anillo brillante en su palma, sonríe al símbolo de su éxtasis mutuo.

Sandy se lleva el anillo a la boca y lame la circunferencia, sin apartar nunca la mirada de los ojos de Sam.

Sosteniendo el anillo entre sus dientes, se inclina hacia Sam mientras él lo saca de sus dientes, solo para arrojarlo sobre la cama.

"Eres tan hermosa que nada puede evitar que quiera estar dentro de ti, en todos los sentidos".

"Tómame, mi amante".

Sin más palabras, Sam empuja su furiosa erección en la hambrienta abertura de Sandy.

Ella lo recibe dentro prácticamente con un grito de bienvenida.

Repetidamente él la empuja salvajemente, una y otra vez.

Sandy gime de pasión incontrolable.

"Mmmmmmmmmmmmmm, Sam. Oh cariño. Así, así, más fuerte, asiiiiiiiií".

"Oh baby, Sandy, te quiero tanto".

"Vamos Sam, más duro".

Sam hace una pausa por un momento, sacándose del calor de Sandy.

"Sandy, estoy listo para explotar. ¿Estás lista?"

"Estaba lista para ti en el momento en que entraste, Sam".

Cuando Sandy dice esto, se agacha, guiando a Sam de regreso a su ansiosa apertura.

Con un movimiento rápido, Sam empuja hacia Sandy y aprieta los dientes.

Enterrando su palpitante polla profundamente en ella.

Ella gime como una mujer que de repente se ha llenado de todo lo que necesita.

"Oh Sam, la tienes aún enorme para mí".

"A qué tu esposo no te la tiene así de preparada para ti. Me he estado mentalizando toda el día. Me encantó verte tomar el control".

"Es cierto no la tiene así, y me encanta compartir lo que tienes conmigo".

Los amantes dejan de hablar y comienzan a moverse más rápido, ambos tan peligrosamente cerca de su clímax.

Sam empuja repetidamente y Sandy se levanta para encontrarse con cada uno de sus empujes mientras bailan el vals de la alegría primitiva.

"Oh Sam, córrete conmigo ... ya estoy allí ..."

Sandy jadea y se retuerce mientras su rostro se contorsiona con una pasión incontrolada mientras oleadas de músculos contraídos se apoderan de su interior e irradian placer a través de su cuerpo.

"Oh Sandy ..."

El cuerpo de Sam se pone rígido y la toma con sus brazos mientras transfiere toda su energía de su polla pulsante al cuerpo acogedor de Sandy.

Su leche fluye hacia ella, mientras el jugo de ella fluye al alrededor de su pollón, en un éxtasis líquido.

Colapsando ambos sin aliento sobre el colchón, se toman de las manos mientras sus latidos se desaceleran.

"Eso fue mucho mejor que los polvos rápidos habituales, ¿no crees?" Sam le sonríe perversamente a Sandy.

"Oh, sí, y el que mi esposo saliera de viaje fue de ayuda. Así pudimos gozar mejor de nuestra habitación".

"Bueno, cariño, realmente no quería gastar toda mi pasión acumulada para llevar a mi esposa a la cama. Quería dártelo todo a ti".

"Y yo quería que me lo dieras todo a mí. Diría que tuvimos nuestro deseo, ¿verdad?"

"Sí. Y aún tenemos tiempo para más ya que mi esposa no me espera en casa pronto ..."

"¡Genial! Vamos a tener que poner dura de nuevo a esa polla tan sabrosa" Dijo Sandy mientras se agachaba para volver a lamerle el pollón ...

APOCALIPSEX ZOMBI

¿La mejor parte del apocalipsis zombi?

Las muchachas te lo agradecen cuando salvas sus vidas.

Lo digo en serio.

Realmente lo hacen, incluso si tienes un tipo como el mío.

No soy el tipo más alto de la ciudad ni el más inteligente ni el más guapo.

Soy lo más normalito que puedes conseguir.

Mido uno setenta de alto.

Tengo el pelo castaño liso que me dejo corto.

No es caoba ni cabello castaño.

No es largo ni ondulado ni especialmente brillante.

Es marrón, como una típica caricatura marrón.

Tampoco soy gordo ni flaco.

Solo estoy, demonios, no lo sé.

¿Fuera de forma?

El mejor ejercicio que he hecho en mi vida fue balancear la espada medieval que compré en un Festival del Renacimiento hace un par de años.

Maldición, me encantaba dar vueltas a esa chica mala.

Incluso compraba sandías, las apoyaba en un poste de la cerca y las cortaba con un auténtico guerrero medieval.

Lo admito.

En mi mente, siempre he sido un poco malo.

¿Quién se podría imaginar que todo ese movimiento de la espada algún día me sería útil?

Pero nada de eso fue suficiente para salvar a mi madre o mi hermana.

Supongo que debería decir que tampoco pude salvar a mi papá.

Pero es curioso decir que no pude salvarlo, cuando fui yo quien le cortó la cabeza.

Sí, eso apesta.

Me gustaba el viejo.

Estaba afilando a Excalibur, así llamé a mi espada, sobre mis rodillas cuando él entró en mi habitación.

Me di cuenta de que algo andaba mal.

Estaba cubierto de sangre por doquier, que luego supe que era de mamá.

No vi dónde estaba mordido, pero no importó.

Él gruñó, como en las películas.

Era un ruido profundo y gutural que sonaba como si viniera de un animal en lugar de un humano.

Se tambaleó hacia mí, con las manos cubiertas de sangre extendidas y lo supe.

No sé cómo lo supe, solo lo supe.

Así que me puse de pie, grité algo como "¡Atrás!"

Como él no reaccionó, balanceé la espada.

Mi primer asesinato.

Papá.

Muerto y muerto de nuevo.

Después de vomitar, me sentí bien.

Corrí por la casa.

Encontré a mamá muerta y hecha pedazos.

Mi hermana estaba en el patio trasero con otros tres zombis aun mordiéndola.

Ella siempre fue una puta.

Me encargué de cada uno de ellos sin prejuicios extremos.

Fue más fácil de lo que pudiera parecer.

Con la comida frente a ellos, mi hermana, los zombis tienen la intención de comer.

No les importa mucho si alguien más se une al festival.

No les importa si hay más almuerzo gratis cerca.

Lo único que les importa es llegar a las golosinas del interior.

Después de que el corazón, los pulmones y los órganos desaparecen, comienzan los problemas.

Luego se ponen de pie y buscan más.

Lo malo es lo rápido que pueden comer.

Pueden atravesar a un humano más rápido que, bueno, no sé qué.

Después de matar al último de los zombis que se estaba comiendo a mi hermana, miré lo que quedaba de ella.

No fue lindo.

Había trozos de pulmón y la mayoría de sus intestinos.

Aparentemente, a los zombis no les gusta comer mierda.

Realmente, ¿quién puede culparlos?

Nancy Williams es la sexy engreída que vive al lado de mi casa.

Hay un jardín que separa nuestras casas.

Me detuve el tiempo suficiente para ponerme las zapatillas y corrí hacia su casa.

Tal vez llegara demasiado tarde, no lo sabía, pero tenía que intentarlo.

Nancy podría ser una perra engreída, pero no merecía morir a manos y boca de un zombi.

No fue bien.

Mientras corría pude ver que sus luces exteriores estaban encendidas.

Las luces funcionan como un detector de movimiento.

A medida que me acercaba pude ver por qué estaban encendidos.

Tres de los no muertos estaban en el jardín delantero y dando tumbos hacia su puerta.

Vi como el primero corría hacia la puerta antes de que pudiera llegar.

Como un idiota, el padre de Nancy abrió la puerta y él fue el primero en morir.

Eso me dio la oportunidad de eliminar a los tres zombis que cayeron sobre el tipo para ser la cena.

Como dije, cuando están comiendo, los muertos vivientes ignoran todo lo demás.

El padre de Nancy parecía un despojo.

Salté sobre su cuerpo y llamé a Nancy.

En cambio, me cayó la suerte que saliera la madre de Nancy.

"¿Qué le hiciste a mi esposo?" ella gritó y me arrojó una lámpara.

¡Una jodida lámpara!

La golpeé con Excalibur.

Todo ese béisbol que había jugado de niño también sirvió de algo.

"¡Señora Williams! ¡Zombis!" Traté de explicar.

Ella me lanzó una mirada salvaje y corrió hacia los restos de su esposo. Mala idea.

Peter Williams fue lo suficientemente malo como para morir y volver.

Agarró a su esposa y comenzó a comer.

Esos son los gritos que aún hoy me mantienen despierto algunas noches.

Incluso si no es la señora. Williams, cuando escucho gritos en la distancia, siempre sustituyo sus gritos por los que escuché ese día.

Ser comido vivo duele.

He tenido mucho tiempo para resolver el misterio.

Si te muerden, te conviertes.

No importa dónde te muerdan, solo que lo hagan.

Hay que evitar ser un bocado.

Y no me preguntes por qué, pero tener tripas de zombis o sangre en ti o en tu boca no lo hará.

Si la mordedura es fatal (el Sr. Williams fue mordido primero en la yugular) y otros zombis no te hacen pedazos, puedes convertirte bastante rápido.

Tan pronto como mueras, supongo.

Si se trata de una mordedura no mortal, el veneno tarda un tiempo en hacer su trabajo.

Todavía mueres y te conviertes en uno de los no muertos, pero puede tomar algunas horas o incluso días.

Entonces, por eso, después de un tiempo, comienzas a matar a los recién mordidos con tanta impunidad como le das a esas cosas ya convertidas.

¿Por qué no?

Solo van a causar problemas tarde o temprano.

No hago mucho de eso, pero lo hago.

La señora Williams seguía gritando mientras era asesinada sangrientamente (en la descripción más precisa que puedo dar) cuando Nancy entró corriendo en la habitación.

Estaba confundida y asustada.

Ella vio lo que su padre le estaba haciendo a su madre.

"¡Haz algo!" ella me gritó.

Yo ya estaba en eso.

Di un giro de la espada a la cabeza del señor Williams y lo decapité.

Desgarrada y destrozada, pero casi sin haber sido comida, la madre de Nancy se volvió rápidamente.

Ella me gruñó y eso fue todo lo que necesitaba.

En un momento estaba sin su cabeza.

"¡Santo cielo!" Nancy dijo.

"Sí. Zombis", le expliqué.

"No mierda", dijo ella.

Llevaba una camiseta ajustada y pantalones cortos de algodón.

Parecía ardiente como el infierno.

Ella no llevaba sostén.

Sus pezones estaban duros como el infierno.

Es curioso cómo puedo recordar todo eso como si hubiera sucedido ayer.

"¿Hay más?"

"Tres muertos más en el frente", dije.

Hice lo mejor que pude para apartar los restos de sus padres y cerrar la puerta.

La televisión estaba encendida en la sala de estar y los locutores habían entrado en la programación con noticias de última hora.

La mierda era real y estaba sucediendo en todas partes.

Nadie sabía por qué.

Nadie sabía si había una zona cero.

A nadie le importaba.

Nancy y yo fuimos hacia el sofá y miramos la pantalla con asombro.

"Gracias por salvarme la vida", dijo después de que la realidad de los nuevos tiempos se asentara en ella.

"No hay problema", dije.

"¿Por qué yo?"

"Porque eres linda", le dije.

Era la verdad y estaba demasiado asustado para mentir.

"Gracias", dijo y seguimos viendo la televisión.

No recuerdo cuándo sucedió, pero después de un tiempo, Nancy me sugirió que me diera una ducha y me lavara la sangre.

Lo hice.

Me dio algo de ropa de su padre para que me la pusiera.

No me encajaba muy bien.

No me importo.

Podría irme a casa a buscar ropa.

Luego me llevó a su habitación.

"No quiero morir virgen", dijo y me dio un beso tentativo.

"¿Eres virgen?" Yo pregunté.

Teniendo en cuenta que los muertos volvían a la vida y se comían a los vivos, probablemente era un pequeño detalle, pero aun así me sorprendió.

"Sí, ¿tú no?"

"Joder, no", le dije.

"Mierda."

"Hablo en serio", insistí.

Ella puso su mano sobre su cadera y me dio esa mirada clásica y pervertida que afortunadamente termina después de la secundaria.

"¿Quién?" exigió.

"¿Katty Walker? ¿Andy Muller?"

" No, en realidad primero lo hice con Vicky Flowers, pero algo hice también con las otras dos. Y ellas fueron divertidas. Las extraño".

"¿Por qué no salvaste a una de ellas?"

"Estabas más cerca".

"No puedo creer que sea virgen y tú no", dijo.

"Solo significa que sé lo que estoy haciendo", sugerí.

"Si no morimos y le cuentas esto a alguien, te voy a matar".

Puse a Excalibur al lado de la puerta de su habitación, donde podía tomarla fácilmente.

Entonces la besé.

No jugué a besarla, quiero decir, la besé.

A la mierda.

Yo era el héroe.

Había visto suficientes películas.

Iba a besarla como un héroe.

Presioné mis labios contra los de ella y empujé mi lengua dentro de su boca.

Nancy gimió de sorpresa antes de derretirse contra mí.

Luego se apartó y se quitó la camiseta.

Yo tenía razón.

No llevaba sostén, tenía grandes pezones y sus tetas estaban perfectas, servidas para mí como un trozo de tarta a cada lado.

Supongo que es salaz de mi parte entrar en detalles sobre lo que sucedió después, pero a la mierda.

Hasta ese momento en mi vida, Nancy fue el diez perfecto para mí.

Ella era la chica sexy que todo chico usaba en sus fantasías.

Me quité la ropa de su padre (espeluznante, lo sé) y le permití ver mi polla dura.

"No sé qué hacer", dijo.

"Quítate los pantalones cortos y yo me encargaré del resto", le dije. "Has visto una polla dura antes, ¿verdad?"

"En películas y otras cosas".

"Lo suficientemente bueno. Entonces sabes que se supone que debes chuparla primero, ¿verdad?"

"¿Tengo que?"

"No, puedes morir virgen", dije e hice como si fuera a vestirme.

"Espera, ¿así?" ella preguntó.

Envolvió sus bonitos labios carnosos a mi alrededor y comenzó a chupar.

Ella no era muy buena en eso.

Ella no era tan buena como Andy Muller.

¡Ahora esa perra podría chupar una maldita polla!

Pero no importaba, en realidad no.

No iba a entrar en la boca de Nancy.

Solo quería ver su rostro envuelto alrededor de mi polla.

Fue una recuerdo de mi hermano que ella no sabía.

Fue un agradecimiento a todas las veces que uno de nosotros, el hermano, le había dicho al otro: Lo único que la haría parecer más bonita sería verla envuelta alrededor de mi polla.

Mientras ella sorbía, me encontré esperando que mi hermano estuviera bien.

"¿Lo estoy haciendo bien?" ella preguntó.

"Lo suficientemente bien", le dije.

Estaba listo para follar.

Que te jodan.

A la mierda todo.

"¿Por qué no te subes a la cama?"

Nancy se subió a la cama, se tumbó boca arriba y me miró pensativa.

"¿Me va a doler?"

"Quizás", dije y me coloqué entre sus piernas por primera vez.

Vicky había sido la primera.

Antes de hacerlo, habíamos leído sobre cómo hacerlo.

Es lo que hacen los nerds, supongo.

Sabía por nuestra lectura que algunas chicas, aquellas con un himen intacto, podrían sentir un dolor agudo cuando se rompía.

Podría haber un poco de sangre.

A partir de ahí, sería una navegación tranquila.

Así fue con Vicky y Andy.

Así no sucedió con Nancy.

Me deslicé dentro de ella sin ningún problema.

"¿Estás segura de que eres virgen?"

Bien, en retrospectiva, eso no era lo más adecuado de decir en el momento en que entras en una chica que te dice que es virgen.

"¡Maldito bastardo! ¡Quítate de encima!" ella gritó, sacudiéndose contra mí.

Me salí de ella.

"¿A qué mierda te refieres?"

"Solo digo que las otras chicas ..."

"A la mierda con esas putas", dijo y luego comenzó a llorar.

Perfecto, pensé.

Como si un Apocalipsis zombi no fuera suficiente, tenía que lidiar con una mocosa malcriada que lloraba.

"Lo siento", dije y me bajé de su cama.

"¿A dónde vas?"

"No lo sé. ¿A casa? ¿A matar más zombis? No lo sé".

"Pero pensé que íbamos a hacerlo, ya sabes ..." Ella todavía estaba sollozando.

"Lo acabamos de hacer. Eso es todo lo que se necesita, un golpe. Felicidades, ahora ya no eres virgen".

"Pero Julian dijo que no contaba a menos que tuviera un orgasmo".

"¿Julian? ¿Julian Walker?" Yo pregunté.

Ella asintió.

Sabía quién era Julian Walker.

Él era el jugador estrella en nuestro equipo de fútbol de la escuela secundaria y era su novio.

"¿Tú y Julian joden?"

"Hacemos esa parte, pero Julian dijo que aún era virgen porque no tuve un orgasmo".

"¿Alguna vez has tenido un orgasmo?"

Ella se sonrojó y asintió.

"Cuando lo hago yo misma".

"Con tus dedos".

"¡Eh, no! Uso mi juguete. No me voy a tocar allí".

"¿Puedo ver tu juguete?"

"No", dijo ella.

"Está bien", me encogí de hombros.

Recogí los pantalones de gran tamaño de su padre.

Tenía que ponerme algo de regreso a mi casa.

"Espera, aquí está", dijo y sacó un enorme vibrador de goma de su cajón de la mesita de noche.

"¿Usas eso en ti misma?" Pregunté, atónito.

Ella asintió.

"¿Dentro o fuera?"

"Ambas. Me gusta por dentro, muy profundo. Eso es malo, ¿no? Julian dijo que por eso era tan grande ahí abajo".

Estaba confundido por un momento.

No había estado dentro de ella durante mucho tiempo, pero estaba lejos de ser demasiado grande.

Ella se sintió apretada.

Sabía que la estrechez no tenía nada que ver con la virginidad, por lo que solo quedaba solo una respuesta.

"¿Puedo hacerte una pregunta? ¿De quién es más grande, la mía o la de Julian?"

La enfrenté con mi polla aún dura delante de ella.

"La de Julian es la mitad de ese tamaño. ¿Eres negro?"

"¿Qué?"

"Julian dijo que los únicos tipos con polla más grande que él eran negros".

"¿Nancy? Julian te estaba mintiendo. La tengo más grande que el promedio, pero no soy un fenómeno de la naturaleza".

"Julian dijo que todos los chicos del porno eran en parte negros".

"Julian es un maldito mentiroso", me reí y me pregunté de cuántas otras maneras podría ser tomada por tonta.

Pensé en tomarme el tiempo para explicárselo, dejar las cosas claras con ella, pero me pareció demasiado trabajo.

"Mira, está bien. Julian es un bastardo mentiroso con una pequeña polla y voy a volver a mi casa por algo de ropa que me quede bien. Si quieres venir, te follaré en mi cama".

Ella lo hizo y yo se lo hice y supongo que perdió su virginidad cuando se corrió mientras yo todavía estaba dentro de ella.

No sé, son noches como esta en las que más pienso en Nancy.

Ella nunca perdió su modo perra, pero sigo pensando que fue triste que tuviera que encargarme de ella al día siguiente.

Íbamos de casa en casa en el vecindario para ver quién quedaba.

Nancy no quiso escucharme que tuviera cuidado.

Ella corrió a la casa de su novio y él la mordió.

Oh bueno, eso sucede. Les saqué la cabeza a los dos.

Primero su novio y luego, después de que ella se convirtió, a Nancy.

Pero así fue como conocí a Cristy Walker, la hermana un poco mayor del novio de Nancy.

Cristy se había estado escondiendo en su habitación con la puerta cerrada contra su hermano.

Oyó voces, matando y finalmente yo diciéndole adiós a Nancy.

"¿Hola?" gritó desde su habitación. "¿Quién está hablando?"

"Soy yo", le respondí, presentándome. "Es seguro ahora."

"Hay zombis", gritó.

"Lo sé."

"Tú, ¿ya sabes cómo hacerlo? ¿Los mataste?"

"Están muertos de nuevo", prometí.

"Realmente necesito orinar", dijo, abrió la puerta y corrió por el pasillo hacia el baño.

Ella no cerró la puerta del baño.

Yo no miré.

Se sintió grosero.

"¿Quién eres otra vez?"

"Vivo en el bloque de abajo".

"¿Eres el tipo raro que corta sandías con una espada?"

"Si ese soy yo."

Cristy se sonrojó y volvió al pasillo.

Llevaba bragas y una camiseta.

Ella vio piernas de su hermano y Nancy.

El resto de ellos estaban dentro de la otra habitación.

Cristy me abrazó y me dio un beso enorme.

"Gracias", dijo ella.

Supongo que estaba mirando sus tetas por lo que dijo a continuación.

"Mantenme a salvo y esas son tuyas", dijo y besó mi mejilla. "Esas y todas las demás partes de mí".

Como dije, no hay nada como el apocalipsis zombi para ligar con chicas.

FIN